「キスをしてもいいか」

　甘い微笑みのまま、ナタンが囁く。

伊折が小さくうなずくと、ナタンは軽くついばむようなキスをした。

伊折の表情を窺い、もう一度、今度は深く口づける。

「ん……」

　伊折にとっては、生まれて初めてのキスだ。

柔らかい唇の感触に、伊折は感動した。

異世界のおいしい下宿屋さん

小中大豆

23718

角川ルビー文庫

目次

口絵・本文イラスト／サマミヤアカザ

「まただ。もう、嫌だ」

視界の先に見覚えのある大木が現れて、伊折は半泣きになった。

もう何時間も、ぐるぐると同じ場所を回っている気がする。日は深い森の向こうに傾きかけていた。

「あっちが西だからこっちが東……だよね？　異世界ってまさか、日の沈む方角も違うのかな」

今さらながらに気づいて、途方に暮れる。

東に行けば命は助かるかもしれない。そんな曖昧な情報に縋って、ここまでどうにか森の中を歩いてきた。

太陽の動きを見て方角を判断していたのだが、そもそも伊折の知る常識は、この世界では通用しないかもしれないのだ。

この二日間、てんで別の方角へ歩いていたとしたら。その可能性に気づいた時、伊折は歩く気力を失った。大木に背中を預け、ずるずると根元にしゃがみ込む。

（なんで、どうしてこんなことに……）

恨みつらみが頭の中で渦巻いたが、言葉にする力さえもうなかった。

この二日、ほとんど何も食べていない。泥臭い湧き水で喉の渇きを癒し、食べられそうな木の実や葉っぱを齧って飢えを凌いだ。

元の世界に、日本に帰りたい。向こうでもつらいことばかりだったけれど、少なくとも飢えることはなかった。トイレも綺麗で、お風呂だって毎日入れた。

（おにぎり食べたい。ううん、食べられるなら何でもいい）

膝小僧に顔を伏せると、急速に眠気が襲ってくる。森に捨てられてから、睡眠もじゅうぶんではなかった。疲れは極限に達していた。

このまま寝たら、獣に襲われるかもしれない。獰猛な野生の獣が生息していると、牢番たちも言っていた。

起きて、せめて木に登らなければ。自分自身に呼びかけたが、すぐに「もういいや」と、諦めた。

もういい。助かったところで、どのみち人生は元通りにはならないのだ。こんな野蛮な異世界で生きるくらいなら、いっそ――。

捨て鉢になり、伊折は眠気に身を任せた。あっという間に意識を失い、それからどのくらい時間が経っただろう。

「はっけん、はっけーん！　たいちょーっ、フシンなものをはっけんしました！」

どこからか子供の声が聞こえて、眠りの底から引き上げられた。舌ったらずな、幼い子供の声だ。しかも一人ではなかった。

「フシン、てなんだっけ」

「ねえ、あれ、ニンゲンだよ。しんでる！」

生きてるよ、と伊折は答えようとした。けれど意識の上に重しが載っているようで、自由にならない。

「しんでる？　どうしよ……。ナタンさま、ナタンさまーっ」

子供たちはわいわい騒いでいる。いったい何人いるのだろう。

まぶたを開こうと思ったが、それも叶わなかった。伊折は再び眠りに落ちた。それからまた、どれくらいの時間が経ったのかわからない。

「――しっかりしろ」

肩を強く揺さぶられ、ハッとした。今度はまぶたがひとりでに開いて、目の前に男の顔が飛び込んでくる。

「あ」

思わず声が出た。

（すごい……イケメン）

今まで目にしたことのないような、壮絶な美貌だった。

長い髪は闇を溶かしたように黒く神秘的で、同じ黒色の瞳は鋭く、伊折が覗き込もうとすると吸い込まれそうだった。

驚いたが、睡魔は伊折の足を摑み、再び眠りの底へ引きずり込もうとしていた。

それともこれは眠りではなく、死に向かっているのだろうか。

「起きろ。意識をしっかり持つんだ」

理知的な声音と言葉は、伊折を案じるものだ。最後の最後に自分を気にかけてくれる相手に出会えた。それもとびきりの美形に。

思っていたほど悪い人生でもなかったのかもしれない。そう思ったら、もう目を開ける気も起こらなくなった。このまま死にたい。

安らかな心持ちの中、ふと温かなものに包まれ、ふわりと身体が浮いた。


吉岡伊折は、ほんの数日前まで日本にいた。何か特別な能力があるわけでもなく、ごく普通の会社員だった。

仕事は事務職、二十二歳で、恋人はまだ一度もできたことがない。

実家の家族とは折り合いが悪く、高校を卒業と同時に地元の会社に就職し、家を出た。

新卒で入った会社は小さいながらもホワイトな労働環境で、人間関係も良かったのだけど、二年後に社長が急逝して会社も倒産した。

それから東京に出て、契約社員として働いて二年。今度の職場は、限りなくブラックに近いグレーな会社だった。

安月給に、サービス残業も休日出勤も当たり前、早朝から深夜まで働く生活が続いて、伊折はすっかり疲弊していた。

東京に出てからは、地元の友人とも気軽に会えなくなり、愚痴をこぼす知人もいない。

実家には、伊折に高圧的で暴力的な兄と、兄を偏愛する両親がいて、帰るに帰れない。

（もう、こんな生活嫌だな。どこか遠くに行きたい）

心の中でそうつぶやいたのは、終電を逃して途方に暮れた、ある春の日の夜のことだった。

疲れきっていた伊折は、タクシーで帰るかネットカフェに泊まるか、判断をする気力も失って、改札脇のスペースにしゃがみこんだ。

その日は、いつにも増してひどい一日だった。終電ギリギリまで残業させられたことや、上司から執拗な叱責を受けた、というだけではない。

先輩や同僚たちが、伊折について悪口を言っているのを聞いてしまったからだ。

「吉岡って、おどおどっていうか、なよなよしてるよな」

下卑た笑いを含んだ声と、それに賛同する複数の笑い声が、数時間経った今も耳について離れない。

定時過ぎ、この後も長く続く残業のために一息入れようと、会社のビルの一階にあるコンビニエンスストアへ向かった時だった。

コンビニの前に見知った面々がたむろして、伊折の名前を口にしていた。

「あー、わかります。なんか女っぽいんですよね」

「あいつ、たぶん男が好きなんじゃないですか。あ、すみません。今はなんて言わないといけないんでしたっけ。ＢＬＴ？　ＳＤＧｓ？」

「バカ、ぜんぜんちげーよ」

悪ノリしてゲラゲラ笑う先輩と同僚の声に、伊折は耐えきれなくなって逃げ出した。

（ひどい）

突然の悪意に曝されて、うまく息ができない。いつから彼らは、伊折のことをあんなふうに思っていたのだろう。

腹が立って悔しくて、そして消えたくなるくらい恥ずかしかった。揶揄が的外れなものだったら、これほどの羞恥は感じなかっただろう。

彼らは伊折が隠していた性質の一部を言い当てていた。

──あいつ、たぶん男が好きなんじゃないですか。

馬鹿にしきった声が、心に突き刺さる。悔しい、悔しい。

自分では、なよなよしているつもりなんてない。女になりたいわけではないし、女らしさを意識したこともない。

でも、男らしくない、という叱責は、外ならぬ家族から数えきれないほど受けてきた。

自分ではことさら中性的だとは思わないが、生まれつき小柄で、骨格も華奢だった。

赤みがかった明るい色の癖っ毛をしていて、目の色も茶色っぽい。子供の頃はよく「ハーフですか」と聞かれた。

両親のどちらにも似ていなかった。成長するにつれて少しずつ色味が暗くなっていったが、それでもよく、毛を染めていると勘違いされた。

五つ上の兄は伊折が幼い頃から、「お前は拾われた子だよ。仕方なく養ってやってるんだ」というようなことを口にした。

後から、伊折の瞳や髪の特徴は父方の家系によく見られるものだとわかったのだけど、家族は誰もそのことを教えてくれなかった。

自分の恋愛の対象が同性だということは、中学生くらいから薄っすら気づいていた。

高校生になって確信したけれど、家族に気づかれたら何を言われるかわからない。友達にだって言えなかった。

学校でもネットでもテレビでも、同性愛は悪いことではないと言う。ただ少数派なだけ。

でも、その少数であるということが問題なのだ。

家族の中で、癖っ毛なのも茶色い髪なのも、伊折だけだ。華奢でひょろりとしているのも、色白で陽に焼けると肌がすぐ赤くなるのも。

血液型がB型の家族の中に、一人だけO型に生まれたというだけで、酔った父から「お前は本当は誰の子なんだ」と詰られる。ゲイだなんて言えるはずない。

幸い、性指向は血液型と違って検査で判定できない。真実は心の奥にしまって、このまま大多数の人たちと同じように生きていこうと思っていた。

なのに、言い当てられてしまった。仕事以外で親しく口をきいたこともない人たちに。

(俺が何したっていうんだよ。どうしてあんなふうに言われなきゃいけないんだ)

悔しかったけど、言い返したり抗議をする勇気はない。話を聞かなかったことにして、仕事に戻るしかなかった。

忘れようと努力して仕事に集中し、でもやっぱり彼らの残酷な声が耳にこびりついて離れなかった。

心も身体も疲弊して、だから会社を出た後、いつもなら猛スピードで走るのに、なかなかトップスピードが出なかった。おかげで終電を逃してしまった。

（もう嫌だ）

移動する気力も失せ、改札の脇にしゃがみこんだ。それを見た駅員に、酔っ払いと勘違いされたらしい。すぐに声をかけられてしまった。

「大丈夫ですか。もう終電は終わりましたよ」

こちらを案じる言葉でも、声の調子はいかにも迷惑そうだった。すみません、とつぶやいて立ち上がった。

その時、足元が突然、光り始めた。

あまりに唐突だったし、強い光だったので、貧血を起こして視界が白くなったのかと勘違いしたくらいだ。

「うわっ」

目の前の駅員が驚いて飛びのかなかったら、自分の足元が発光しているのだと気づかなかっただろう。

「ちょっと……あなた、なんで光ってるんですか？」

駅員に聞かれた。なんでと聞かれても伊折もわけがわからず、

「さあ。俺にもさっぱり……」

と、首を傾げる。それが、この世界で発した最後の言葉だった。

伊折の身体は光の中に溶けていき、気づいた時にはもう、別の世界に飛ばされていた。


そこが異世界だということを、伊折は長いこと信じられずにいた。リアルな夢だと、何度感心しただろう。

駅の改札口にいたはずなのに、いつの間にか屋内に移動していた。

床も壁も石材でできていて、うんと天井が高い。外国のお城か教会みたいだと、ぼんやり思った。

伊折が座り込んでいる床の周りだけ、他と石の色が違う。色とりどりの石畳を使い、魔法陣のような円形の模様が描かれていた。

その円を取り囲むように、コスプレをした外国人が集まってきている。みんなファンタジー映画やアニメで魔法使いが着ているような、足のくるぶしまである白いフード付きの長衣を身に着けていた。

「くそっ、また呼んでしまったのか。魔石の無駄遣いだというのに」

「国王陛下にご報告せねば」

「おい、よせ。また俺たちが責を問われるのだぞ。まずは魔術師長に相談してからだ」

いったい、何の芝居だろう。外国人だと思ったが、流暢な日本語を喋っている。

（いや、これ……日本語じゃない？）

見知らぬ人々の会話を聞きながら、すぐさま違和感に気づいた。彼らが話すのは日本語ではない。英語とも、その他の伊折が聞いたことのあるどの言語とも違った。

伊折は日本語しか喋れない。そのはずなのに、聞き覚えのない言語を理解できる。正しくは、耳に入った瞬間に日本語に変換されている。

込み入った夢だと思った。いずれ目が覚めるものだと。

だから、集団の中で一人だけ黒い長衣を着た老人が現れ、疎ましいものでも見るようにこちらを睥睨した時も、その老人がゼンマイの複雑に組まれた機械を伊折の頭の上にかざした時も、ただぼんやりとそれらの光景を眺めていた。

「なんということだ。魔力が皆無だと？　異世界から呼び寄せたのに、こんなことがあるのか。残り少ない魔石を使っておきながら、何の役にも立たぬとは」

老人は驚愕に目を見開いてゼンマイ仕掛けの機械を見つめ、震える声でそう言った。続いて伊折を憎しみのこもった目で睨みつけ、周囲の人々に怒鳴った。

「ええい、忌ま忌ましい！　この厄介者は牢にでも入れておけ！」

伊折は白い長衣の人々に引っ立てられた。広間を出た後、階段をいくつも降り、地下にある牢屋に入れられた。

「異世界から召喚された者だ。例の装置がまた作動してしまった」

「召喚した者の魔力が皆無だったらしい」

牢の中で、伊折を連行した長衣の人たちと、牢番らしき人たちが話しているのを耳にした。

どうやらこの夢は、魔法が存在するファンタジー世界らしい。

先ほど伊折がいた広間は、異世界人を召喚する大掛かりな魔法の装置で、伊折はその装置が作動したせいで、たまたまこの世界に召喚されてしまったようなのだ。

異世界召喚された者は、魔力を持っているらしいが、先ほど頭上にかざされた機械で魔力を計測したところ、伊折の魔力はゼロだった。

(異世界召喚か。そういえば、そんなアニメやってたなあ)

会社から深夜に帰ってコンビニの弁当を食べながら、たまにアニメを見ていた。この夢はその影響だろう。

「その召喚装置、なんで止めておかないんですか。電源を切っておけばいいのに」

どうせ夢だからと、伊折は自分の牢屋の前で交わされる会話に割って入った。

長衣の人々と牢番たちは困惑したように顔を見合わせ、「頭がおかしいのか？」「いや、状況が理解できていないんだろう」「無理もないな」などと言い合った。

「装置の止め方がわからないんだよ。とても高度な技術でできているんだ。装置を作った……あれを扱える唯一の人は、もう死んでしまったんだ」

牢番の一人が教えてくれた。なんと異世界召喚装置は、スイッチの切り方がわからないまま今も作動し続けており、たまに時空のひずみを見つけては、そのひずみに近い場所にいる生命をこの世界に召喚してしまうのだという。

召喚の際には、魔力を含有する高価な魔石を大量に消費するのだとか。

「それは大変ですねえ」

言ってはみたが、完全に他人事だった。あまり愉快な夢ではないので、早く目覚めたい。

牢の外の人たちはまた顔を見合わせ、長衣の人たちは、これ以上この場にいても時間の無駄だと思ったのか、牢番に後を頼んで去っていった。

その際、何人かには睨まれた。どうも広間の老人と同様、伊折を疎ましく思っているようだ。

ただ、牢番たちは伊折に同情的で親切だった。

「本当に災難だったなあ。前みたいに、召喚されたのが鼠や虫だったらまだ良かったのに」

「かわいそうに。まだ何もわかっていないんだろう」

そんなことを言いながら、気の毒そうに伊折を見て、水や食べ物を差し入れてくれたり、伊折が尋ねるまま、いろいろなことを教えてくれたりした。

彼らの話によると、ここはキップール王国という、人族が支配する国の王城なのだそうだ。

獣人族やエルフ族もいるが、基本的には彼らは異国人で、その数もごく限られている。

この世界には魔法が存在し、魔法は魔力によって発動する。しかし、人族と獣人族は種族的な特徴として、魔力を持って生まれる者はごくわずかなのだそうだ。よって、この国で魔法を使う時には、たいてい魔石が必要になる。

その魔石はこの国ではあまり採掘できず、輸入に頼っているのだとか。日本の石油みたいなものだろうか。

「そんな大切なエネルギーを、あの召喚装置は浪費してるんですよね。なんだってあんな装置を作ったんですか」

夢なのに設定が細かいなあ、と思いながら、伊折は尋ねた。牢番がくれたパンは硬くて不味い。味も食感も匂いもリアルだ。

「そりゃあお前、魔王を倒す勇者様を呼び出すためさ。異世界から召喚した人間は、魔王に匹敵する魔力を持っているものなんだ。お前さんは例外だったが。もうあの装置も古くなって、壊れかけているのかもしれないな」

「魔王と勇者、ですか」

異世界っぽい存在が出てきて、ちょっとワクワクした。しかし、牢番たちの表情は浮かない。

「ああ。魔王と、魔王が統率する魔族は、この国を滅ぼす恐ろしいもんだ。そのはずだった。……もう、魔王も勇者もこの世にはいないが」

かつて、魔王はこのキップール王国の南方にある、恐ろしい大樹海に住んでいた。邪悪な魔族を従え、キップール王国を滅ぼす機会を狙っていたのである。

「魔族ってやつは、エルフ族と同じで生まれながらに魔力を持っているからな。魔法を自由に操るんだ。俺たち人や獣人とは違う。人族の中で魔力を持っているのは、王様の一族くらいさ」

魔力に乏しい人族にあって、キップール王国の王族だけは代々、魔力を持って生まれる人が多いのだという。

その王族たちが懸命に国境を守っているからこそ、魔王は樹海を出て王国に攻め入ることができなかった。

しかし、魔力を持って生まれる王族は近年、減りつつあった。このままでは、魔王に国を滅ぼされてしまう。

「そこで十二年前、当時の王様の三番目の王子様が、あの召喚装置を開発なさったんだ」

優れた王宮魔術師でもあった当時の第三王子は、持てる才能を駆使して異世界召喚装置を開発した。

異世界から膨大な魔力を持つ勇者を呼び寄せ、魔王を倒してもらおうというのだ。

(他人任せっていうか、そこは設定が雑なんだな)

牢番の話を聞き、伊折はそんなことを考える。そもそも、なんで魔王はこの国だけ滅ぼそうと思ったのだろう。周囲に他の国もあったのではないだろうか。

設定の穴を見つけたが、牢番の話の腰を折るのが申し訳なくて、突っ込まないでおいた。

「あの装置でただちに勇者様が召喚され、魔王は無事に滅ぼされた。相打ちだったそうだ」

魔王は滅び、勇者も死んでしまった。ついでに召喚装置を作った第三王子も死んでしまった。

「勇者が亡くなったのがショックだったんだろう。お優しい方だったから」

だったら最初から、召喚なんかしなきゃいいのに。しかしともかく、開発者が死んでしまったので、複雑な装置を止められる人がいなくなってしまったというわけだ。

今も装置は動き続け、たびたび異世界から生命を召喚し続けている。時空のひずみに近づいた生命体が召喚されてしまうそうで、呼ばれるのは人に限らないのだそうだ。

前回は鼠で、その前はカメ虫だった。そのまた前は雀。人間が召喚されることは、むしろ滅多にないという。

鼠とカメ虫と雀は、かなりの魔力を持っていたので、今も城で大切に育てられている。今すぐ何かの役に立つわけではないが、いつか役に立つかもしれないという理由でだ。

「お前さんがせめて、カメ虫くらい魔力を持っていたら、魔術師長様もこんな扱いはなされなかっただろうになあ。かわいそうに」

牢番の一人が言って、痛ましそうに伊折を見た。

自分はカメ虫以下なのだ。夢だけど、ちょっと落ち込んだ。

でもともかく、牢番たちは親切だったから、それ以上は不安になることもなく、冷たくてじめじめした、やたらリアルな牢屋の中で一晩を過ごした。

それでも夢は覚めない。もしかしてこれは、夢ではなく現実なのだろうか。

ようやく気づきはじめた翌日、牢から出され、今度は兵士たちに引っ立てられて馬車に乗せられた。

何も知らされないまま馬車に揺られ、辿りついたのは牢番たちが話していた、恐ろしい樹海の入り口だった。

魔力を持たない役立たずの伊折は、樹海に捨てられてしまった。

馬車で伊折を樹海まで捨てに行った兵士たちも、伊折を気の毒がっていた。罪もない人間を捨てに行く仕事が、憂鬱で仕方がないようだった。

「陛下と王宮魔術師長の決断らしい。ひどいもんだ」

「あのお方が正気だったら、こんなことはなさらなかっただろうに」

「そもそも、あの話も本当なのか？　エトガル様がご乱心なさったなどと……」

「しっ。その名を出すな」

馬車の移動の際、兵士たちがぽつぽつと話すのを耳にした。

しかしいずれも、伊折がこれから迎える運命に変化を与えるものではなかった。

樹海の入り口で馬車を下ろされ、そこからさらに、兵士たちに連行されて何時間も歩かされた。万が一にも、戻ってこられないようにということだろう。

やがて兵士の一人が、「もう、ここいらでいいだろう」と、陰鬱な声で言った。

「あの、俺、これからどうすれば……」

もはやこれが夢だとは思えなかった。見知らぬ世界、見知らぬ樹海の中に捨てられるのだ。

震えながら尋ねたが、兵士たちは答えてくれなかった。

最後の食事とばかりに、粗末で硬いパンと、皮袋に入った水を渡された。

「俺も連れて帰ってください。何でもします。事務仕事は得意ですし、他の仕事でも……」

伊折は震えながら訴えたが、兵士たちに黙殺された。誰も、伊折と目を合わせてくれなかった。思い切って兵士の一人に取り縋ったけれど、突き飛ばされてしまった。

「悪く思わないでくれ。お前を連れて帰ったら、俺たちや家族の身が危ないんだ」

突き飛ばした兵士が、気まずそうに言った。

「うんと東に行けば、川がある。その川を越えれば隣国のザファル王国だ。そこまで辿りつけばもしかしたら……助かるかもしれない」

そんなアドバイスもくれて、一瞬だけ希望が湧いた。でも、彼らがその場から離れる際、別の兵士がボソボソと言っているのが聞こえてしまった。

「……馬鹿。余計なことを言うなよ。川までどれだけあるかわからんのだぞ」

「下手に希望を持たせたら、可哀そうだろうが」

それからしばらく、彼らが草を踏む音が聞こえていたが、それも遠ざかり、やがて聞こえなくなった。

一人、取り残された伊折は、突き飛ばされて倒れた場所からしばらく動けずにいた。

「これは夢だよね。誰か、夢って言ってよ」

ぼやいて、泣いて、次には喚いて叫んだりもしたけれど、誰も助けてくれる人などいない。

それどころか、遠くから鳥なのか獣なのか、聞きなれない鳴き声が聞こえてきて怖くなった。

牢番たちの話によれば、樹海に住んでいた魔王や魔族はいなくなったが、肉食の獣などはいまだに生息しているという。

「やだ……こんなところで、死にたくない」

どうして自分が、こんな目に遭わなければならないのだろう。何も悪いことなんてしていないのに。

理不尽だ。怯えて泣いた後、今ここに至るまでのすべての出来事が腹立たしく思えた。

到底受け入れられない。異世界に召喚されて捨てられたのも、元の世界で同僚や先輩たちに陰口を叩かれたのも、実家の家族たちの伊折に対する扱いもすべて。

腹が立って、絶対に生き延びてやると思った。

樹海の東側に出れば、命が助かる可能性がある。一縷の望みに縋り、伊折は立ち上がって歩き始めた。

方角は太陽の動きを頼りにした。兵士にもらったパンと水で一日を乗り切り、その後は湧き水と、食べられそうな植物を口にして空腹をやり過ごした。

そうして、ひたすら東と思われる方向へ進んで行ったけれど、終わりは見えなかった。

それどころか、途中からは同じ場所をぐるぐる回っていた気がする。

気力も体力も尽き、伊折はついにその場にしゃがみこんでしまった。疲れ切った身体は間もなく、睡魔に飲み込まれた。

それから夢うつつか、子供たちの騒ぐ声を聞き、絶世のイケメンを目にした気がする。

「まだおきないねえ」

「びょうきかな」

また、子供たちの声が聞こえた。

「ぼくたちが、ぱあってしたら、なおるかも」

「でもナタンさまが、それはしちゃだめって言ってた。ぼくたちもっと小さくなっちゃうって」

「ほっぺツンツンしたら、おきるかな」

「だめだよ。かわいそうだよ」

「こら、お前たち」

今度は男の声がした。気を失う前に見た、あの美形の声だ。声音は静かで深みがあり、不思議と安心できる。

目を開けて状況を確認したかったが、まだ半分意識が眠りの中にあり、身体が重かった。

まどろんでいると、額に誰かの手がそっと置かれた。大きくて少しひんやりしている。

熱を測ったのだろうか。手が触れた部分から、不快なものが吸い取られるような感覚があった。とても心地よくて、伊折は気づくとまた眠りに落ちていた。

次に意識が浮上した時、今度はずいぶん身体が軽くなっていた。同時に、どうしようもない喉の渇きと空腹を覚え、思いきって目を開く。

すると、すぐそばに見知らぬ金髪の青年が立っていたのでびっくりした。

あ、と声を出そうとして、咳き込んでしまった。喉が引き攣れるくらい乾いていたからだ。

「大丈夫？　水を飲もうか」

青年は伊折の頭の裏に優しく手を差し込み、少し頭を起こしながら、口元に水差しの吸い口を当ててくれた。喉が渇いていた伊折は、焦って水を飲んだ。

「急がないで。ゆっくり飲もう。君は一日半、眠ってたんだからね」

柔らかな声に言われたけれど、水を飲むのに夢中で、ろくに返事もできなかった。

水差しが空っぽになると、ようやく人心地ついて、周りを見る余裕も出てきた。

伊折は柔らかなベッドの上に寝かされていた。

目だけを動かして、ぐるりと周りを見る。壁や天井はキップール王国の城内と似たような、中世ヨーロッパ風ファンタジーを思わせる石造りだった。

けれど一方の壁にはガラス窓があって、外に新緑の葉を抱えた大樹が見えた。窓からは木漏れ日が差し込んでいる。

王城よりずっと穏やかな雰囲気だった。ここはどこだろう。

戸惑っていたら、金髪の青年が伊折を覗き込んでくすりと笑った。

「何がどうなってるか、わからないって顔だね。無理もないよ。ここがどこかとか、知りたいことはいろいろあるだろうし、こちらも君の素性を聞きたいけど、それはひとまず置いておこう。まずは君の衰弱した身体をどうにかしないとね」

そう言って微笑む表情に見惚れ、ようやくこの青年が、類まれな美貌の持ち主であることを認識する。

年齢は、伊折の少し上だろうか。襟足にかかるくらいまで伸びた金髪は、さらさらで癖がなく、絹糸のように艶がある。瞳は薄い青色だった。

中肉中背といった体格だし、声も姿も男性なのだけど、お兄さんではなくお姉さんと呼びたくなるような、たおやかで優しい雰囲気をしていた。

この人が助けてくれたのだろうか。でも、まどろみの中で見た男性は、目の前のこのお兄さんとは別人だった。

でもともかく、命の危険は去ったのだろう。そう思いたい。

お兄さんの優しく綺麗な微笑みを呆然と見つめながら、伊折はそんなことを考えていた。

「意識が戻ったのか？」

その時、窓の反対側にある出入り口から声がして、また別の男性がひょいと顔を覗かせた。

やっぱりあの黒髪の男性とは違ったが、年は同じくらい、三十代の半ばから後半といったところだ。

長身で、身体つきはがっちりしていて逞しい。

赤っぽい茶色の髪に、瞳は灰色だった。たれ目でまつ毛がバサバサ長くて、全体的に濃い顔立ちをしているが、彼もなかなかのイケおじである。

ここはイケメン・パラダイスなのか。それとも天国だろうか。

「もしかして、壊れちまってんのか」

伊折がぼんやりしていたからだろう。おじさんが不意に表情を曇らせ、心配そうな顔になる。

「いや、意識ははっきりしてるみたいだよ。たった今、起きたばかりなんだ。状況がわからないんだと思う」

お兄さんが取りなすように答えた。伊折も正常なことを示すため、急いでうなずく。起き上がろうとしたら、おじさんとお兄さんが手を貸してくれた。

頭を上げた時に少しめまいがしたけど、それ以外は何ともなかった。長く眠ったせいか、この世界に来てから一番、気分がすっきりしているくらいだ。

「お前さんは、森の中で倒れてたんだよ。俺たちの仲間が見つけて、ここまで運んできたんだ」

おじさんが簡単に説明してくれた。ここがどこだかわからないけれど、伊折を拾って介抱してくれたらしい。親切な人もいるのだ。

「ありがとうございます。俺、あそこで死ぬかもしれないと思ってたので、本当に助かりました」

「そうだな。あのまま森を彷徨ってたら、確かに野垂れ死にしてたかもしれない。お前さんは運が良かった。もう大丈夫、ここは安全だよ」

その声に、心底ホッとした。初対面だけど、どうしてか信頼できる気がする。不思議と安心できる。

「お腹空いてない？　オートミールがあるんだけど、食べる？」

お兄さんが優しく尋ね、その言葉に猛烈な空腹を思い出した。何度も強くうなずく。お兄さんは微笑んで「ちょっと待っててね」と、部屋を出て行く。

かと思うとすぐ、廊下で「わっ」と彼の驚く声が聞こえた。

「びっくりした。君たち、そんなところでうずくまって、どうしたの」

「まってたの。あのひと、おきた？」

「げんきになったか、みてもいい？」

小さな子供たちの声がする。

「うん。でも起きたばかりだから、静かにね」

お兄さんが注意をして、子供たちは素直に「はーい」と答えた。

「チビたちだ。あいつらが、森でお前さんを見つけたんだ。今までも心配して、何度も覗きに来てたんだよ」

おじさんが廊下の声に苦笑しつつ言い、同時に部屋のドアがそろそろと開いた。

扉の向こうから顔を出したのは、声の通りの幼い子供たちだ。

一人、二人……わらわらと中に入ってくる。ぜんぶで四人。コロコロしていて、幼稚園児よりもっと幼く見える。

みんな、ふわふわの綿あめみたいな癖っ毛で、四つ子なのだろうか、つぶらな瞳の愛くるしい顔立ちがそっくりだ。

でも、髪の色は赤と青に黄色、緑と、四人四様だった。

「おきたね」

伊折はほろりとして涙が出そうになった。

「よかったー」

四人が嬉しそうに、ほわっと笑う。子供たちが自分の身を案じてくれることに、伊折はほろりとして涙が出そうになった。

お兄さんの名前はユリといい、二十九歳だという。おじさんはヴィンセントと名乗り、「三十五歳だった」と、不思議な自己紹介をした。伊折も、自分の名前と年齢を伝えた。

子供たちは、赤、青、黄色、緑の髪の色にちなんで「焔」「瑠璃」「雷」「翡翠」と呼ばれている。

「ホントはもっと、ながいなまえなんだって」

「ぼくたちおぼえられないから、ナタンさまがあだ名をつけてくれたの」

本名は別にあるらしい。彼らの口に上るナタン様と呼ばれる人物が、伊折をここまで運んでくれたようだ。たぶん、あの黒髪の超絶イケメンだろう。

「ナタンは今、出かけてるんだ。もうすぐ帰ってくるから、紹介するよ。ここの家主だ」

おじさんことヴィンセントの説明にうなずきながら、伊折はユリの運んできたオートミールを食べていた。

脳内で、「オートミール」と訳されるその食べ物は、ほんのちょっと色が濃くザラつきがあるものの、伊折が元の世界で食べたことのあるオートミールとほとんど変わらなかった。

水を入れて煮て、粥状にしてある。ほんのり蜂蜜の香りと甘みを感じた。

懐かしい味と匂いに、また泣きそうになったけれど、それより食欲が勝っていた。

ガツガツと猛烈な勢いで食べてしまう。ユリがすぐにおかわりを持ってきてくれた。

「食欲があるなら良かった。たくさん食べてね。おかわりはいくらでもあるから」

ユリが言ってくれて、その時はいくらでも食べられると思ったが、三杯目を食べきるとお腹がパンパンになった。

空になったお椀と引き換えに、ユリが白湯の入った陶器のコップを渡してくれる。

子供たちは伊折の元気な様子を見て満足したのか、「おそと、いこ」「あそんでくる」などと言って、またわらわらと部屋を出て行った。

「あの、ここはどこなんでしょう。キップール王国のどこかですか」

子供たちがいなくなって静かになった室内で、伊折は勇気を出して尋ねてみる。ユリとヴィンセントが「どうする？」というように、互いに顔を見合わせた。

ヴィンセントがユリに向かってあごをしゃくったのは、お前から説明して、という意味だろうか。二人はすぐにこちらに向き直り、伊折の問いに答えたのはユリだった。

「キップール人にとっては、王国内と言えるかな。王国では、樹海も自分の領土だって主張してるから」

「それじゃあ……」

ユリはうなずいた。

「ここは樹海の真ん中。君が倒れていた場所から、それほど遠くない。あ、でも、王国の人はやってこないから、安心してね。この家の周りには特殊な魔法で結界が張られていて、許可してない人や動物は入れないし、見えないようになってるんだ」

伊折は安堵した。しかしユリの口ぶりでは、伊折がキップールでひどい目にあったことを知っているようだ。

そんな疑問が表情に出ていたのか、ユリが慌てたように言葉を続けた。

「ああ、ごめん。君の素性をわかっているわけじゃないんだよ。ただ、君のいた場所が場所だったし、僕らも訳ありっていうか……」

ユリは、何から説明をすればいいのか、迷っている様子だった。見かねたヴィンセントが「ユリ」と、彼の肩を抱いて一歩前に出る。

「この場合、遠回しな説明は逆効果じゃないか。とっとと核心に触れよう。お前……いや、イオリはキップール王国から樹海に来たんだろう？」

来たというか無理やり連れてこられたのだが、細かいことを訂正する勇気がなくて、ただ曖昧にうなずいた。

「逃げてきた。いや、誰かに連れてこられた？　どっちにしろ、イオリはキップール人じゃないよな。この世界の人間でもない。王城の異世界召喚装置に巻き込まれたんじゃないか」

ヴィンセントが真顔で切り込んでくるのに、伊折はすぐ答えることができなかった。

彼らは味方なのだろうか。その通りだと答えたら、自分はどうなるのだろう。ここはもう安全だと思っていたのに、じわりと焦りが滲んだ。

するとユリが、「もう」と呆れた声でヴィンセントの脇をつついた。

「ヴィンスのほうが不安にさせてるじゃないか。ごめんね、イオリ。僕たちは君の敵じゃない……と、思う。君の素性はわからないけど、もしも対立関係にあっても、君を害するつもりはない。僕たちはここで、穏やかに暮らしたいだけなんだ。だから、君が不安に思う必要はないんだよ」

ユリの口調は優しく、そして真剣だった。

相手が敵か味方かわからないのは、ユリたちも同じだ。伊折がどんな人間か、彼らにはわからない。でも、こうして助けて介抱してくれた。

そのことに気づいて、伊折は肩の力を抜いた。一呼吸して気持ちを落ち着かせる。

「ヴィンセントさんのおっしゃるとおり、俺はこの世界の人間じゃありません。俺自身も、自分の身に何が起こったのかよくわからないけど、どうやら召喚装置に巻き込まれたみたいです」

それから伊折は覚悟を決め、できる限り順を追ってこれまでの経緯を二人に話した。

話すうち、だんだんと二人の表情が曇ってくる。ヴィンセントはきつく眉根を寄せ、ユリは最後には手で顔を覆ってため息をついていた。

「まったくあの国は。相変わらず、ひでえことしやがる」

伊折が話し終えると、ヴィンセントは吐き捨てるように言った。ユリが青ざめた顔で、小さく「ごめん」と、つぶやく。

どういうことかわからず伊折が戸惑っていると、ユリが「実は……」と口を開きかけた。しかし、ヴィンセントが間に割って入るように、先に口を開いた。

「ユリはキップール人の魔術師だ。城の王宮魔術師長に騙されて、勇者召喚に加担していた。で、俺はお前さんと同じ、召喚装置に巻き込まれた者の一人」

ユリがもう一度「ごめんなさい」と、くぐもった声でつぶやいたけれど、伊折はどんな感情を抱いていいのかわからない。

ヴィンセントは伊折と同じ立場だし、騙されて加担したというなら、ユリも被害者だろう。ただ、被害者とか加害者とかいう以前に、伊折はいまだこの世界を現実のものとして受け止めきれずにいる。

もうこれが夢でないことはわかっている。でもずっと、悪夢を見続けているようだ。

「元の世界に戻る方法は……あるんでしょうか」

思いきって尋ねてみる。これまで、そうした質問をする機会がなかった。牢番も兵士も、魔法には詳しくなかったからだ。

答えは聞くまでもなく、ユリとヴィンセントに浮かんだ表情を見ればわかった。

「……ごめんなさい。それは無理なんだ。召喚装置は、無作為に異空間の生命を探して呼び出す。元の世界というのがどこなのか、探し当てることはできないんだよ」

ユリの言葉に、絶望と、ああやっぱり、という納得が交錯した。でもまだ、感情の半分は麻痺している。

元の世界が懐かしいわけではない。楽しい思い出はほとんどなかった。ただ、向こうの世界の方が便利だったというだけだ。

そして元の場所に戻れない自分は、この先どうなるのだろう。

ぼんやりする伊折の前で、ヴィンセントとユリは沈痛の面持ちを浮かべていた。

「気の毒だと思う。俺もイオリと同じ立場だったから、少しは気持ちが理解できるつもりだ。俺だっていまだに、キップールの奴らを恨めしく思う気持ちがないわけじゃない。俺とユリは、キップールではお尋ね者でね。今はこうして、樹海の中で人目を忍んで暮らしている。俺とユリと、さっきの四つ子。それからナタンて男がメンバーだ」

最後に出た名前に、硬直していた心が動いた。

「ナタン、さん」

伊折がわずかに瞳を揺らすと、ヴィンセントはなおも言葉を重ねようとした。

「ああ。ここの家主だが、奴は……」

「──勝手に個人情報を漏らすな、スケベ親父」

その時、部屋の外から鋭く厳しい声がして、その場の全員が「わっ」と驚きの声を上げた。

いつの間にかドアが開いていて、戸口に男性が立っていた。その姿を見て、伊折は思わず息を吞む。

黒い長髪の男、伊折が気を失う直前に見た、あの美しい男性だった。

「ナタン」

と、戸口の彼を呼んだのはヴィンセントだ。やはり彼がこの家の家主、ナタンなのだ。

伊折は状況も忘れ、男に見入っていた。


ナタンは声音と同様、厳めしい表情で部屋に入ってきた。

じろりとこちらを一瞥する。鋭い目つきに、伊折はすくみ上がった。

「まだ敵か味方かもわからぬ者に、ペラペラとしゃべりすぎだ」

ヴィンセントもユリも子供たちも、最初から伊折に友好的だったが、ナタンはそうではないらしい。

「いや、けどさあ。……っていうか、スケベ親父とはなんだ」

ヴィンセントのツッコミを、ナタンは無視した。「おいこら、なんか言えよ」と、わめくのも無視して、ベッドに近づく。ユリたちの横を素通りすると、ベッドを挟んだユリたちの向かいに立った。

そうして気づいたのだが、彼だけ他のみんなと服装が違う。

四つ子もユリもヴィンセントも、色違いだがみんな、木綿のような素材の長袖のチュニックを着ていて、下も同じ素材のズボンを穿いていた。

伊折は自分の恰好を確認してみる。樹海で気を失うまでスーツ姿だったが、今は彼らと同じチュニックを着ていた。下は布団に隠れてわからないが、たぶん同じズボンだろう。

でもナタンだけは、ビロードのような光沢のある真っ黒い布地で、前開きのガウンのようなものを左前に合わせ、銀色の帯で締めていた。裾はぞろりと長い。

日本の着物と構造は同じようだが、どちらかというと、中国の時代劇に出てくるような漢服に似ていた。

「気分は？」

突然、聞かれた。伊折は一瞬、何を聞かれたのかわからず、きょとんとしてしまった。

「言葉が通じないのか」

形のいい眉をすんなりと寄せるから、慌てて「いえ、通じてます」と、答える。

「気分は悪くないです。あと、オートミールをいただきました。美味しかったです」

何が気に入らなかったのか、ナタンの眉根がさらに寄った。

「オートミールか……」

怖くて思わず、すみません、と謝りそうになる。しかし、こちらが謝罪を口にする前にナタンが「失礼」と断って伊折の手を取ったので、それどころではなくなった。

「あのっ？」

なんだろう。どうして手を握るのだろう。手というか、手首だが。

「騒ぐな。脈が乱れる」

鋭い声が飛んできて、伊折は身を縮めた。

反対側から「お前さあ、もうちょっと言い方」と、ヴィンセントが呆れた声を上げる。でも彼も結局、ナタンにじろりと睨まれて黙り込んだ。

「今からいくつか質問をする。正直に答えろ」

「は、はい」

わけがわからないまま、迫力に圧されて返事をしてしまった。

ナタンは「名前は?」から始まって、様々な質問を伊折にした。途中で「気分は?」など繰り返し同じ質問が交ざったが、最終的にヴィンセントたちにした説明と同様のことをナタンに話していた。

最後に、魔族についてどう思うか、と聞かれた。

これは、どう答えればナタンの気に入るのかわからない。ひやひやしながらも、正直に答えるしかなかった。

「魔族のことを知らないので、何とも答えようがありません。俺の世界にはいませんでしたから。キップールでは人間と敵対する恐ろしい種族だと聞きましたが、実際に会ったわけではないので」

「……嘘はついていないようだな」

ナタンが言って、手首を離す。質問は終わり、ということらしかった。

でも、どうして嘘を言っていないとわかったのだろう。心が読まれたのだろうか。

怖くなった伊折が手首を布団の中に引っ込めると、彼はフッと皮肉っぽく鼻で笑った。

「読心術ではないので安心しろ。脈と、お前の表情の変化で、嘘をついているかどうかおおよそ察せられる」

「こらこら、ナタンさんよ。イオリが敵じゃないってわかったんだから、もうちょっと優しく接しようぜ」

ヴィンセントが見かねたように口を挟んだ。しかし、ナタンの態度は変わらない。ふん、とつまらなそうに鼻を鳴らした。

「イオリ、だったか？　キップール王国は、お前が邪魔だったようだな。樹海に捨てるとは、殺そうとしたも同然だ。異世界から勝手に呼び出された挙げ句、殺されるとは。その点は同情する。この場にいる我々もいわば、キップール王国の被害者だ」

「ナタン、さん……もですか」

おずおず口を開くと、「私は魔族だ」と、吐き捨てるように言われた。

「勇者と戦い、滅ぼされた魔族の生き残りだ。ついでに言うと、あの四つ子たちもな」

「魔族……」

「怖いか？」

その声は、伊折を挑発しているように聞こえた。

しかし、ナタンも子供たちも、外見はヴィンセントやユリと変わらないのだ。人間ではないと言われても、今ひとつピンとこない。

「いえ……。先ほども言いましたが、俺は魔族についてよく知らないんです。ナタンさんもあの子たちも、外見は人間と変わりませんし。怖いとか怖くないとかいう以前の問題というか。それに、俺を助けてくれたのは、ナタンさんとあの子たちですよね？」

薄っすらとだが、覚えている。ナタンの「しっかりしろ」という声と、心配そうな表情を。だからだろうか。今のナタンは冷たいし威圧的だし、とにかく感じが悪かったが、不思議と怖いとか、嫌な人だとは思わなかった。

「はい、ナタンの負け」

「いくら人族って言ったってさ。異世界人相手に威嚇してもしょうがないじゃない」

ヴィンセントが言い、ユリも笑いながら取りなしてくれた。

ナタンは二人を睨んだが、二人ともニヤニヤ、ニコニコしている。ナタンはまた、ふん、と鼻を鳴らした。

「部外者を警戒するのは当たり前のことだ。お前たちはのんきすぎる。イオリがキップールの間諜だったらどうするつもりだ？　まあいい。どのみち行く当てがないんだろうから、ここでしばらく暮らせ」

「えっ、はい……あっ？　ここで？」

ヴィンセントとユリへ向けられていた言葉が、不意に伊折に振られた。

条件反射で返事をしてから、我に返る。ナタンはせっかちなのか、「嫌か？」と、畳みかけた。

「いえ、ありがたいです。ただ、ここがどういう場所なのか、まだよくわからなくて。樹海の中の家だっていうのは、さっきユリさんから伺ったんですけど」

「そのとおり。樹海の中の家だ。もともとは私の持ち物だったが、子供たちを育てることになり、その後でユリとヴィンセントが転がり込んできた。今はこの面々で暮らしている。家族というわけではないから、まあ、言ってみれば下宿屋といったところだな」

「しぇあはうす……」

言葉は脳内で翻訳され、漢字と、何やらリア充っぽい横文字が浮かぶ。

ナタンと子供たちは魔族で、ユリとヴィンセントは人族なのに、一緒に暮らしているという。

しかも口ぶりからして子供たちは、ナタンの子ではないらしい。

ユリはキップールの魔術師、ヴィンセントは召喚された異世界人で、でもお尋ね者で……と、事情が相当込み入っているようだ。

でも、ここに住まわせてもらえるというのは、とてもありがたかった。元の世界には戻れないし、伊折には他に行く当てがないのだ。

「あの、ぜひ、ここに住まわせてください。よろしくお願いします」

慌てて頭を下げる。すぐに、ふん、と鼻を鳴らす音と、「よかろう」という声が降ってきた。

「ただし、元気になったら、お前にも交替で家事をしてもらうからな。覚悟しておけ。それまでせいぜい、養生しておくんだな」

首を洗って待ってろよ、みたいな口調だった。でも、言っていることは優しい。

ナタンはえらそうに言い放ち、さっと踵を返す。せかせかした足取りで、そのまま部屋を出て行った。

「感じ悪くてごめんね」

「あいつも、悪い奴じゃないんだけどさ」

ユリとヴィンセントが、苦笑しながら謝ってくれた。ナタンといい、なんだか変な人たちだ。

でも、嫌な気分ではない。むしろホッとして、嬉しかった。

この人たちは悪人じゃない。そう思ったら、自然と笑顔になった。

「ありがとうございます。これから、お世話になります」

こうして伊折は、樹海の中にある謎の下宿屋で暮らすことになったのだった。


それから数日の間、伊折はベッドの中で過ごした。身体がだるくてめまいがしたからだ。

ナタンの話によれば、樹海で保護された時は、熱があったのだという。

「環境が急激に変わったせいもあるだろうが、ずいぶん痩せているし、もともと身体が弱っていたんだろう」

とは、ナタンの診立てである。ブラック企業で酷使され、異世界に来てからは牢に入れられ、樹海をさ迷う羽目になった。寝込むのも当然と言えば当然かもしれない。

養生している間、朝昼晩と、ユリかヴィンセントがオートミールを運んでくれた。子供たちもたまにお見舞いに来てくれる。

朝と夕方には、ナタンが現れた。

伊折の脈を取り、額に手を当てて熱を測って、気分はどうだ、食事は摂れているか、よく眠れたかなどと尋ねてくる。医者の問診のようだ。

実際、何か魔法のようなもので治療をしてくれたのかもしれない。彼が診てくれた後は、必ず身体のだるさなどが改善していた。

見ず知らずの他人なのに、ここの人たちは本当に優しい。

ベッドを出て歩けるようになると、ユリが下宿屋の中を案内してくれた。

一日中、ベッドにいた時には気づかなかったが、下宿屋はかなり大きな建物だった。

丸いドーム形の広間を中心に、東西と北側に棟が延びている。

北側の棟は玄関に続いていて、途中に食堂や台所、それに洗濯室や地下貯蔵庫へ続く階段など、共有の生活スペースが揃っていた。

吹き抜けの中央ドームは上部にロフトがあり、四つ子の寝室になっている。

東西の棟は同じ造りで、シャワールームとトイレ、それに個室が四つばかり並んでいた。

伊折が寝ていたのは西側の真ん中の部屋だった。奥の二つは、ナタンの寝室と書斎らしい。

「ナタンが君を運び込んだ時、たまたまあの部屋にしたみたいだけど、他にも空き部屋はあるからね。西棟が嫌だったら、僕たちの東棟に移ればいいから」

ユリが気を利かせて、そう言ってくれた。東棟の奥二つが、ヴィンセントとユリの部屋らしい。

下宿屋は、外観も内装も古めかしいというより時代がかっており、いかにもファンタジー的な雰囲気だったが、機能は驚くほど現代的だった。いや、構造はファンタジーなのだが、生活様式は伊折のいた世界に近かったのである。

トイレは水洗で、紐を引っ張れば流れるようになっている。

シャワールームには文字通りシャワーがあって、レバーをひねるだけで温かいお湯が出た。台所の流しも、洗面所も同様である。

洗濯室には洗濯機があり、台所には薪を使う石のかまどの隣に、ボタン一つで火が付くコンロが付いている。

「この世界も、ずいぶん技術が進んでるんですね」

伊折が感心して言うと、ユリは「魔族の魔法だよ」と、教えてくれた。

「キップールには、こういう技術はなかった。魔王が治めていた魔界は、魔石エネルギーが豊富でね。魔法を使った技術も周辺諸国と比べて群を抜いていた、らしい。ナタンから聞くまで、僕は知らなかったけど」

ユリは微笑みながらも、その口調はどこか悲しげだった。そんな、高い技術を持つ魔族の国を、ユリのいたキップール王国は滅ぼしてしまったのだ。

それだけ技術の差があるのだから、魔界は軍事力で対抗できなかったのだろうか。それとも、異世界から召喚された勇者が強すぎたのか。

気になったけれど、悲しそうなユリを見ていると、根掘り葉掘り尋ねるのもためらわれた。

しかしともかく、シェアハウスでの生活は、伊折が想像していたよりずっと快適なようだ。

異世界に召喚されてからこっち、現代的な生活は諦めていたから、飛び跳ねたくなるくらい嬉しい。

「すごく便利だよねえ。ここに住んじゃうともう、キップール王国の前時代的な生活には戻れないよ」

ユリの言葉に、伊折も大きくうなずく。

家事は当番制だと聞いて、元気になったら頑張ろうと張り切った。素敵な生活になる予感がする。

しかしこの時、伊折は気づかなかった。

便利で機能的な台所が、ほとんど使われていないという残念な事実に。


それからまた、数日が経った。

この頃にはもう、すっかり身体も元気になっていた。毎日よく眠れているので、社畜時代よりずっと元気だ。

家事をするのに問題ないし、伊折はその気になっていたのだけど、ヴィンセントもユリも無

理をするなと言い、ナタンからも、

「あと二、三日は養生しろ。また倒れられたら、そちらの方が面倒だ」

と、つっけんどんな口調の中に、優しさが滲む忠告をされた。

下宿屋のあちこちには様々な本が並んだ本棚がいくつもあって、伊折は自分の部屋でそれらを読んだり、居間の長椅子でぼんやりしたり、時には四つ子と家の庭をぶらぶらしたりして、数日を過ごした。

こんなにのんびりしたのは、いつぶりだろう。家事をしてくれているユリたちには申し訳ないけれど、何もせずゴロゴロする至福を味わった。

ベッドから起き上がれるようになって、食事はみんなと同じ食堂で摂るようになった。

基本的に食事は朝昼晩、みんな揃って食べる。その方が、食事当番に面倒をかけずにすむ、という理由だ。

食堂に置かれた長テーブルは大きくて、伊折が加わってもまだじゅうぶん余裕がある。

食事は基本的に、オートミールだった。病人のための療養食かと思っていたが、この家では毎日三食のオートミールに、庭で採れたという小さなリンゴ、それに地下貯蔵庫に保存してあったというチーズなどが少しずつ添えられる。

これが主食のようである。

毎日代わり映えのしない食事を、伊折は特に不満には思わなかった。きちんと毎食、ゆっくり食べられるだけでありがたい。

この世界の食事はそういうものだと思っていたのだが、どうやら違うと気づいたのは、伊折がこの家にきて十日を過ぎた昼食でのことだ。

その日はナタンが当番で、食事はやっぱりオートミールだった。殻のままの胡桃が無造作にテーブルに置かれていて、ナタンが胡桃割り器を使って一つ一つ、危なっかしい手つきで割っては、オートミールの皿に放り込んでいた。

皿の横には、丸のままのリンゴが置かれている。リンゴは基本的に、そのまま齧る。味に変化を持たせるためか、今日のオートミールはお湯でふやかした上に、蜂蜜がかけられていた。

蜂蜜は、伊折の好みのトッピングだ。素直に喜んだのだが、他のメンバーはまったく反応がなかった。

子供たちは甘い味付けに喜ぶかと思いきや、無表情でオートミールをかき込んでいる。大人たちも黙々と食べる。

静かな食事風景を眺めながら、そういえば、と伊折は思った。

ナタンを除けばみんな、基本的には陽気な人たちなのに、食事の時だけはやけに静かだ。子供たちは時に不機嫌そうに、しかめっ面をしていることもある。

なぜなのか、その疑問はすぐに解けた。

「もう、これやだ」

オートミールを半分ほど食べたところで、黄色い髪のライが、口をへの字に曲げて器を押しやった。

　すると、隣で胡桃を噛んでいた緑髪のヒスイが、「ぼくも」と、声を上げる。

「あきたよね」

　赤い髪のホムラがうなずき、青い髪のルリが、

「ナタンさま。ぼく、おにくたべたい」

　と、ナタンに訴えた。ナタンは伊折の向かいに座っていた。ルリの訴えを聞くなり、ぎゅっと眉間に深い皺を寄せる。

「生肉は腹を壊す。次にケルディが来るまで、我慢しなさい」

　難しい顔をしたまま、静かな声音で諭したのだが、子供たちはその言葉をきっかけに「やだ」「おにく」と、椅子の上でじたばた暴れ出した。

「こらこら。騒がない、騒がない。ないもんはしょうがないだろ」

「じゃあさ、お塩入れてみようか。しょっぱいオートミールにしてみない？」

　ヴィンセントとユリがおっとりなだめたが、子供たちは「やだー」と、泣きべそをかいてしまった。

「もう、オートミールやだ」

「おにくじゃなくてもいい。オートミールじゃないやつなら、なんでもいい」

　ぐすぐすと泣きながら訴えるが、ないものはないのだろう。大人たちも弱っている。

　呆然としている伊折に気づき、ヴィンセントが「騒がしくて悪いな」と苦笑いを向けた。

「チビたち、定期的にこうなるんだ。まあ、俺たちも正直、飽き飽きしてるんだが」

「十二年間ほとんど毎日、オートミールだからねえ」

ユリも乾いた笑いを浮かべながらつぶやく。これには伊折も驚いた。

十二年間、毎日三食、オートミールだったのか。確かに、子供でなくても泣きたくなるかもしれない。

「ケルディって商人が、数か月に一度、食料や日用品を売りに来てくれるんだよ。その時はもっと、いろいろ食べられるんだけど」

この樹海の中で、どうやって食料を調達しているのか伊折も気になっていたが、ユリの話によれば、特殊なルートを使って、異国の商人が食料を運んできてくれるとのことだった。

「おかげで、食材には不自由しないんだけど。僕たち何しろ、料理が苦手でねえ」

「自慢じゃないが、料理なら何をやらせても失敗するぜ」

本当に自慢じゃない。ヴィンセントが偉そうに言うと、なぜかナタンも胸を張った。

「絶対に、十割がた失敗する。食材を無駄にするだけだ」

「な、なるほど……」

パンや燻製肉など、そのまま食べられるものも配達してくれるが、それらは最初の半月ほどで食べ尽くされてしまい、結局、次の配達までのほとんどの日々を、オートミールで過ごさなければならないのだった。

「いちおう、地下に食材はあるんだけどな」

ヴィンセントが言って、こちらをちらりと窺い見たのは、伊折の態度を見て何か察するところがあったからかもしれない。

「あの……」

伊折は思いきって声を上げた。みんなの視線がこちらに集中して、途端に怖気づく。

何かを主張するのは、伊折にとってひどく不安で、恐ろしいことだった。こんなことを言って、嫌われたらどうしよう。ひょっとしたら、相手に幻滅されるかもしれない。

何でも、そんなふうに考えてしまう。

何気なく発した言葉や、良かれと思って取った行動が、家族の怒りに触れたり、会社の上司や同僚の失笑を買ったりした。

自分の言動がどんな結果をもたらすのか、想像できなくて怖い。

でも今、目の前でベソをかいてぐずる子供たちを見て、自分にできることがあるなら手助けしたいと思った。

優しくしてくれた人たちのために、何かを返したい。

「もし……もし、皆さんがよければなんですけど。次の食事は、俺に作らせてもらえないでしょうか」

勇気をふるって口を開く。四つ子はきょとんと目を見開き、大人たちは息を呑んだ。

「イオリ、料理できるの？　もしかして、本職の人？」

期待と不安の混ざった顔で、尋ねたのはユリだ。

「いえ、プロの料理人ではないです。でもあの、一人暮らしを始めてから自炊してましたし、料理は趣味なので。家庭料理でしたら、なんとか……。異世界の料理なんで、皆さんのお口に合うか、わからないんですが」

地元の会社に就職してしばらくは、夕食はもちろんお弁当も作っていた。

その方が安上がりというのもあったが、自分で自由にキッチンが使えて、好きなものが食べられるというのが、単純に嬉しかったのだ。

ネットでレシピを探したり、会社の人に調理や時短のコツを聞いたりして、徐々に料理に慣れていき、レパートリーも広がった。

会社が倒産して次の仕事に就くまでに、料理は趣味と呼べるようになっていた。

「料理が、趣味……」

ナタンが眉根を寄せ、奇異なものを見るように、伊折へ視線を向けた。

「あ、す、すみません。本当に、本職の方には遠く及ばないんですけど」

険しい眼差しに、思わず萎縮してしまう。何気なく口にした言葉だったが、何か気に障ったのかもしれない。

ビクビクしていたら、ユリとヴィンセントがフォローを入れてくれた。

「趣味でもじゅうぶんすごいよ。ぜひお願いしたいな。ねっ、ヴィンス」

「ああ。とりあえず、食材を焼くだけとか、煮るだけとかでもいいんだ。チビたちも、オートミール以外のもの食べたいよな」

ヴィンセントが水を向ければ、子供たちは口々に「たべたい！」「おにく！」などと叫ぶ。

「ナタンさま。イオリのごはん食べたい」

「ぼくもー！」

「ほら、こう言ってるし。いいだろ？」

ヴィンセントが畳みかけると、ナタンは「ふん」と、お決まりの鼻を鳴らした。

「だめとは言っておらん。ではイオリ、今夜の夕食を作ってみろ。できるか」

「はい。ぜひ、やらせてください」

力強くうなずく。子供たちばかりか、ユリとヴィンセントも歓声を上げた。


シェアハウスの地下にあり、住人たちの食料が保存されている貯蔵庫は、別名を『呪いの貯蔵庫』という。

なかなか物騒である。どんな呪いがかけられているのか、伊折は戦々恐々としていたのだが、

「特殊な魔法の装置で、貯蔵庫の中だけ時間が止まってるんだよ」

ユリが笑いながら種明かししてくれた。時間が止まっているので、そこに食材を入れておけば、いつまでも腐らないらしい。

「呪いって言ってるけど、身体に悪いことは何もないからね。ここの時間停止の魔法は、生き

物には無効、意味がないから。魔族の人は寿命が長くて、時を止めるっていうのは縁起が悪いことらしいんだよ。人間からしたら、羨ましいけど」

その日の午後、伊折はさっそく、夕飯の準備に取り掛かることにした。

ユリに案内してもらって、地下の貯蔵庫に下りる。

貯蔵庫は、伊折があらかじめ想像していたよりずっと広かった。

昔、社員旅行で行ったワイナリーのワイン蔵みたいに、石造りの地下トンネルが数十メートルも延びている。

両脇の壁一面に棚が並び、様々な食材が並んでいた。さながら大型スーパーだ。

「すごい。こんなにいろいろあるなんて」

「昔、ここで僕らが共同生活を始めた当初、商人があれこれ見繕って運び込んでくれたんだ」

住人が増えても不自由しないようにと、その商人は考えて仕入れてくれたらしい。ところが誰も料理ができなかったので、食材は十数年間、そのままになっているのだそうだ。

ここにある食材は何でも好きに使っていいと言われたので、ユリにお礼を言って、しばらく一人で貯蔵庫を探検した。

扉近くの棚はすべて、オートミールの袋が積まれていたが、奥は肉や野菜、卵にチーズも豊富にあった。

そして、これらの食材を納品した商人は、大変気の利いた人物であるらしい。

それぞれの食材を入れた籠にメモを残していて、それがどんな食材か、どういう調理法がお勧めかなど、簡潔に記してくれていた。

　おかげでこの場所の食文化が、伊折のいた場所と比べてそれほど大きな違いはないということもわかった。これは、伊折にとってもありがたいことだ。

　初めて見る食材もたくさんあったけれど、とりあえず今日のところは、馴染みのある食材を見繕って台所に運んだ。

　台所の使い方は、ユリに教えてもらっている。まだ夕飯の時間には早いけれど、気持ちがはやるので早々に支度を始めることにした。

　戸棚から調理器具や食器を出していると、ナタンが現れた。

「これから夕飯の準備をするのか」

「あっ、ナ、ナタン様。はい。そうです」

　伊折は作業の手を止め、ナタンに向き直った。

　ユリとヴィンセントは彼を呼び捨てにしているが、伊折は恐れ多い気がして、子供たちと同じく様を付けて呼んでいる。

　そして相変わらず表情が厳めしい。けれど、彼が近くに来るとソワソワ落ち着かない気分になるのは、表情が厳めしいせいではなく、あまりに美しすぎるせいだ。

　ヴィンセントもユリも相当なイケメンで、彼らは美しいものを見慣れているのか、ナタンの美貌にたじろぐ様子もない。

　でも伊折は、どれだけ見てもナタンの美貌が見慣れなかった。つい見とれそうになってしまい、慌てて目を逸らしてしまう。

そばにいて同じ空気を吸っているというだけで、ドキドキする。推しのアイドルがそばにいる気分だ。

「あの、ナタン様が台所を使われるのでしたら、どうぞ」

彼も何か、台所に用があって来たのだろう。気づいて身体をずらしたが、「いや、使わない」と素っ気なく返された。

「私のことは気にせず、夕飯を作るといい。早くしないと間に合わなくなるぞ。料理は時間がかかるからな」

そこまで手の込んだ料理を作るつもりはないのだが、大上段に振りかぶった口調に、伊折は口を挟む勇気を失った。

背後にナタンの視線を感じつつ下準備を終え、調理を始める。じゃがいもの皮を剥こうとナイフを手に取った。

と、背後にいたはずのナタンが、いつの間にかすぐ真横に移動している。びっくりしてナイフを取り落としそうになった。

「あ、あの……?」

「私のことは気にするなと言っただろう。いいから集中しろ。刃物を持っているのによそ見をするな。怪我をする」

釈然としないが、不条理には慣れている。黙ってじゃがいもの皮を剥いた。

その間もずっと、ナタンは真横で伊折の作業を凝視していた。

しかも頻繁に、ハッと息を呑んだり、「あっ……」と、声を上げたりするから、気になって仕方がない。

それでもどうにか集中してじゃがいもを剝き、続いて人参、玉ねぎと調理を進めた。

玉ねぎを串切りにしていた時だった。ツンとする刺激に涙ぐんでいると、ナタンが大きく息を呑んだ。

「お前……イオリ？　手を切ったのか。血は出ていないが。どこか……負傷したのだな？」

急におろおろと動揺し始めたので、こちらも驚いて手を止めた。

「え？　いいえ、大丈夫です。どこも怪我してませんよ」

ありのままを答えたのだが、「なぜ強がる？」と、怒ったように言われた。

「耐えることが美徳だとでも言うつもりか。もういい。料理は中止だ。そこまで無理をしてやるものではない。オートミールでじゅうぶんだ」

伊折はますます困惑した。いったいナタンは、何を心配しているのだろう。

「本当に怪我はしてませんし、無理もしてませんが。どうしてそう思うんです？」

「どうしてだと？　泣いているではないか！」

一瞬、ナタンは冗談を言っているのだと思った。しかしすぐに、本気だと理解する。

ナタンは、伊折が玉ねぎを切って泣いているのを見て、どこか怪我をしていると勘違いしたのだ。痛みに耐えながらも、調理を続けていると思ったのだろう。

つまり、彼は伊折を心配してくれていたのだった。

「……ふっ」

そのことに気づいた時、伊折は思わず吹き出していた。

ずっと隣に張り付いて息を詰めていたのも、伊折が怪我をしないか心配していたのだろう。

先ほどからのナタンの動きを思い出し、腹筋が痛くなった。

「なっ、なぜ笑う」

「すみません。でも……ふふっ」

この人は、伊折が思っていた以上に優しい人なのだ。そして恐らく、伊折より年上だろうに、玉ねぎを切るとどうなるかも知らない。

「私はお前を心配しているのだぞ」

伊折が笑うので、ナタンはむくれてしまった。なんだか可愛らしい。

「ごめんなさい。ナタン様、俺が泣いてた理由はこれです」

伊折は笑いを噛み殺し、玉ねぎをナタンに近づけた。「よく近づいて見てください」と言うと、ナタンは素直に玉ねぎに顔を近づける。

かと思うと、「うっ」と呻いて口と鼻を袖で覆い、二、三歩後退した。

「なんだこれは。毒かっ」

「違います。身体にいいし、殺菌作用もあるんじゃなかったかな。刺激が強いので、生のまま食べ過ぎるのはよくないですが、加熱すればツンとする成分が消えて甘くなります」

伊折は玉ねぎを薄くスライスすると、一つを齧ってみせた。元の世界と同じ味、食感だ。

いや、『呪いの貯蔵庫』で鮮度が保たれていたから、新玉ねぎのようなみずみずしさと、ほんのりと甘みがある。辛みはそれほど強くない。

「商人さんは、質のいい食材を揃えてくれていたみたいですね。生で食べても美味しいですよ。どうぞ」

もう一つ、スライスした玉ねぎを取って差し出すと、ナタンは恐る恐る、というように近づいた。

「まあ、ケルディが置いて行ったものなら、毒ではないのだろうな」

ブツブツとつぶやき、伊折の手から玉ねぎを受け取ると、目をつぶって口に入れた。咀嚼して味わってから、ふと目を開ける。

「ん……ん？　これは以前、よく食卓に上っていた味だ。なんだ。そうか、これが玉ねぎか」

今までもよく、口にしていた食材だったようだ。料理済みの状態でしか見たことがなかったのだろう。

ひとしきり納得したナタンは、隣で見守っていた伊折にはたと気づき、気まずそうな顔になった。

「負傷したのでないならいい。調理を継続するように」

すぐにいつもの厳めしい顔に戻り、腰高な物言いをする。でも、その頰に薄っすらと赤みがさしているのに気づき、伊折は吹き出してしまった。

その後、ナタンが伊折の真横に付いて見張っていたのは、伊折が調理で怪我をした時、すぐ介抱をするためだと判明した。

「この家で、治癒魔法を使えるのは私だけだ。以前、ユリが肉を切ろうとして、流血騒ぎを起こしたからな」

ナタンが当時を思い出したように、ぶるっと身震いした。手元にあったお椀の中身をぐびりと飲む。すぐに「美味いな」と、軽く目を瞠った。

「こんなに美味い茶を飲んだのは、久しぶりだ」

いつもの硬い声音の中に、わずかに喜びが混じっているのを感じ、隣に座る伊折も心が軽くなった。

「良かったです。貯蔵庫の奥にしまってあったんですよ。高そうな茶壷に入っていたから、たぶん高価なお茶だと思うんですが」

何でも使っていいと言われたし、使わないと勿体ないので持ってきたのだ。

肉と野菜を切り終わり、鍋でそれらを煮込む間、ナタンと伊折は台所の作業台に並んでお茶を飲んでいる。

どうしてそうなったのかわからない。何となくだ。

玉ねぎを食べた後も、ナタンは相変わらず伊折に張り付いていた。ようやくすべて食材を切り終わった時には、伊折は気疲れしてしまっていた。

そしてナタンはなぜか、自分こそが大仕事をやり切ったかのように、「ふう」と額の汗を拭っていた。

二人とも疲れていたので、お茶にしませんかと誘ったのである。

台所の横にある小さなパントリーに、丸椅子がいくつか重ねて置いてあったので、二つ引っ張り出して作業台に並べた。

やかんもティーポットもあった。マグカップはなかったが、お椀をカフェオレボウルに見立ててお茶を淹れた。

「私が以前、好んで飲んでいた茶だ。しかし、上手く茶を淹れられる者がいなくてな。ずっと白湯ばかりだった」

ナタンの苦い表情に、これまでの生活がしのばれる。

「ユリさん、怪我したんでしたっけ。大変でしたね。傷らしい傷は見当たらないけど、ナタン様の魔法のおかげでしょうか」

伊折もお茶を一口飲んで、話を元に戻した。お茶は紅茶だった。馴染みのある苦みと風味と、ライチに似た爽やかでフルーティーな香りが付いている。

お茶の壺は他に何種類も貯蔵庫に並んでいたから、これから少しずつ試してみるつもりだ。

「ああ。あの時は大変だったな。この台所は阿鼻叫喚の地獄と化していた。ヴィンセントを介抱する間、ユリは狼狽してオートミールの袋を床にぶちまけた。子供たちは泣きじゃくるし「あれ？　怪我をしたのは、ユリさんじゃないんですか」

「ユリの血を見て、ヴィンセントが恐慌状態に陥ったのだ。ユリが死んでしまう、と騒ぎ回って手に負えないので、私が魔法を使って気絶させた。ユリの傷は出血のわりに大したことがなかったな。私が治癒魔法をかける頃には、血も止まっていた」

怪我の具合を聞いて、伊折はひとまずホッとした。しかし、みんなは大騒ぎで、事態を収束させるためにナタンは苦労したらしい。

「ユリの後、ヴィンセントが果敢に芋の皮むきに挑んだ。芋はすべて野菜くずと化し、跡形もなくなっていた。次は私が挑戦した。私は奴らよりは器用だ。自信があったのだが……やはり流血の惨事は免れなかった」

ナタンは、右手の人差し指を伸ばして、じっと見つめた。指を切ってしまったらしい。ナタンは右利きのようだが、それで右手を切るなんて、確かに相当器用だ。

「だから、俺のそばに付いていてくださったんですね」

伊折が怪我をしたら、すぐに治せるように。

途中で「はあっ！」とか「ああっ！」とか、意味不明な声を上げていたが、それも伊折が怪我をしないか、ハラハラしながら見守っていたせいだと思うと、胸の奥がキュンと切なくなる。

「心配してくださって、ありがとうございます」

本当にナタンは優しい。まだ会って間もない見ず知らずの他人の伊折を、ここまで心配してくれるなんて。

　感動して目を潤ませていると、ナタンは気まずそうに、ふいっと横を向いた。

「しかし、どうやらいらぬ心配をしたようだな。お前の手つきには危なげがなかった。いい匂いもするし」

　言いながら、コンロへ目を向ける。コンロにかけた鍋から、煮込まれた肉と野菜の香りが立ち上っていた。そろそろ中身が煮える頃だ。

「そうだ、ナタン様。一緒に味見をしてくれませんか。俺のは異世界の料理ですから、皆さんのお口に合うか自信がないんです」

　鍋の中身はポトフである。豚肉と野菜を塩胡椒で煮ただけの簡単なものだ。

　貯蔵庫には調味料や香辛料も豊富にあったのだが、子供もいるし、最初なのでなるべく癖のない味にした。

「もう食べられるのか。まだ大して時間が経っていないが」

「もうそろそろ、大丈夫です。あまり煮込むと、じゃがいもが煮崩れちゃいますし」

　大いに興味があるようなので、伊折は席を立ち、小さなお椀二つにスープと肉の欠片を入れた。スプーンを添えて作業台に並べる。

　どうぞ、と勧めると、ナタンはこわごわとお椀の中を覗いた。

「薄味にしてあるので、足りないようなら塩を足します」

　伊折は、先にスープを飲んでみせた。ちょっと塩味が足りない気もするが、豚肉と野菜の旨味が良く出ていて美味しい。肉も食べてみたが、伊折が知っている豚肉よりも、味が濃い気がした。それでいて臭みが少ない。

豚肉、と書いてあったけど、種類が違うのか。単に新鮮だからか。商人のケルディが来たら聞いてみようと思った。

伊折を見て、ナタンもスプーンを手に取った。一口スープを飲み、目を瞠る。

それからスプーンを置き、今度はお椀から直にスープを飲んだ。ナタンの男らしい喉元がごくりと上下し、お椀がそっと置かれる。

ナタンは何も言わなかった。目をつぶり、感じ入るようにため息をついたから、不味くはないのだろう。

「……こんなに美味いものを食べたのは、何年ぶりだろう」

やがて彼は、陶然とした声音でそうつぶやいた。いささか大袈裟な気もする。でも、嬉しかった。異世界の料理は、こちらの世界のナタンの口に合ったようだ。

伊折はホッとするのと同時に喜んだ……のだが。

「何億年ぶりかにご馳走を食べた気分だ。実に……実に美味い。イオリ、おかわりをもらえないだろうか。……イオリ？」

喜びも束の間、伊折はまったく別のことに気を取られていた。

驚いて、指をさす。

「ナタン様、頭に……」

いつの間にか、ナタンの頭の左右に、二本の角が現れていたのである。山羊の角に似た、立派な巻き角だ。

本当にいつ出たのか、こちらが瞬きする間に、音もなくそれは出現していた。あまりに自然にそこにあったので、伊折は幻覚か現実かわからず、気を取られてしまったのだった。

「つ、の……」

伊折の言葉を聞いて、ナタンの表情が強張った。

目を見開いたまま、恐る恐る自分の頭に手をやる。指先が角に触れた途端、ナタンは青ざめてがばっと立ち上がった。

かと思うと、両方の角を手で握りしめ、ものすごい勢いで台所の端に移動する。壁まで来ると、石壁にびたっとへばりついた。まるで伊折から、少しでも遠ざかろうとするように。

「ナタン様？」

「すまん、悪かった、申し訳ない。いささか気が緩んだようだ。だがしかし、これはただの角だ。お前を刺したり呪ったりはしない。触れてもまったくの無害だ。空気を汚すこともない」

一息にまくし立てるので、伊折は呆気に取られてしまった。しかしナタンは、伊折が恐怖を感じていると思ったらしい。

「本当だ。ただの角だぞ。刺したり噛んだりしない。……信じてくれ」

最後の言葉が懇願するようだったので、伊折は我に返った。それから、角を両手で隠して遠ざかろうとするナタンを見て、気の毒なような、悲しい気持ちになる。

彼が何にうろたえているのか、理解したからだ。

怖がらせたと思わせてしまった。

最初にこの家に来た時、ナタンはしきりに、伊折が魔族をどう思うかを気にしていた。

人族の国、キップール王国は魔族を忌避しており、ナタンたち魔族の王国が滅ぼされるに至った。ナタンの中には、魔族は人族から嫌悪されているという、刷り込みがある。

角のある姿こそ、ナタンの本来の姿なのだろう。彼は伊折を怖がらせまいと、今まで角を隠していたのだ。

「俺のほうこそ、大袈裟に驚いてすみません。害があるなんて思ってません」

やるせない思いがこみ上げて、伊折は立ち上がった。

ナタンは一瞬、びくりと身を震わせたが、伊折が真っすぐに彼を見据えて歩み寄ると、徐々に緊張を解いていった。

「角を怖がったんじゃなくて、俺、いつの間にかそれが現れたから、びっくりしたんです。俺の幻覚かと思って」

嫌われることに怯える彼が、自分自身と重なった。自分の存在が人を不快にさせているかもしれない、という恐怖は、伊折が元の世界で幾度となく味わったものだ。

自分は何もしていない。ただそこにいるだけだ。でも、伊折の家族は伊折を不快で害悪なもののように扱った。

こちらがどれほど好意を見せても、歩み寄ろうとしても、拒絶される。

「すごく立派な角ですね。俺が触ったりしたら、失礼にあたるでしょうか」

伊折はナタンの目の前に立ち、彼を見上げた。

美しい黒色の両眼が、訝しむようにこちらを見下ろしてドギマギする。

この世の者とは思えない美形と至近距離で向き合って、顔が熱くなったけれど、目を逸らしたら怖がっているのと勘違いされてしまう。動揺を押し殺して見つめ続けた。

しばらく見つめ合っていたが、ナタンの方が先に視線を逸らした。そっぽを向いた、というのが正しい。

「魔族にとって、角は威厳を示すものだ。本来なら不敬に当たるが、お前はこの下宿の住人だからな。触れることを許す」

下宿人だから、という理論はよくわからないが、自分の存在を認めてもらえたようで嬉しい。ナタンの頬がほんのり赤く、口調が不貞腐れたようなのも可愛かった。

「ありがとうございます。じゃ、じゃあ……失礼します」

手を伸ばすと、ナタンが目をつぶったので、なんだかいかがわしいことをしている気分になった。

ドキドキしながら、片方の角に触れる。角は想像通り、硬質でひんやりしていた。

「すごく硬くて立派ですね。……あっ、あの、角のことです」

感想を口にしてから、自分がいやらしいことを口走っている気がして、慌てて言い訳する。

さらに、そんなことを言い訳することこそがいやらしいのでは……と気づいて、何が何だかわからなくなった。

「怖くないか」

「怖くないです。恥ずかしいです」

いやらしい、いやらしいと頭の中で考えていたら、勝手に顔が熱くなって、気持ちを隠すこともできずに口にしていた。

「恥ずかしい？」

「だ、だって。人様の身体の……大事な部分に触れるのって、今まであまり、経験がなくて」

「……そういう言い方をされると、こちらも羞恥を覚えるのだが」

目の前の黒い装束が、もぞりと身じろぎする。伊折も気づいて慌てた。

「あっ、す、すみません！」

「いや、まあ。大事な部分なのは確かだから」

ちらりと顔を上げると、ナタンも真っ赤になっていた。それを見て、こちらもまた赤くなる。

「ああ……うう……すみません」

「いや、いい……」

それからしばらく、ヴィンセントが無遠慮に台所に入ってくるまで、二人のもだもだしたやり取りは続いた。

伊折の作ったポトフは、下宿屋の人たちに大好評だった。

大好評、という言い方はまだ控えめかもしれない。「そんなに？」と、こちらが困惑するくらい、感動と感激が返ってきた。

ポトフの他に、即席でパンを焼いたのも良かったかもしれない。イーストなどないから、小麦粉と水、それに少量の植物油と塩を入れて練っただけの、シンプルな平たいパンだ。

でもフライパンで焼いたそれは、なかなか香ばしくて美味しかった。

「おいしい」

「おいしいねえ」

子供たちが咽び泣くようにして食べ、ヴィンセントとユリも涙ぐんでいた。一度味見をしていたナタンは、彼らほど大袈裟に感動しなかったが、珍しく口元に微笑みを浮かべていた。

伊折も、これほどみんなに喜んでもらえるとは思わなかった。嬉しくて、だからもう一度、声を上げる勇気が持てた。

「俺を、食事係にしてもらえないでしょうか」

その場の全員が、勢いよくこちらを見た。

「まいにち？」

「オートミールじゃないやつ、いつもたべられるの？」

ルリとヒスイが言い、ホムラとライがわあっと歓声を上げる。「待ちなさい」と、ナタンが

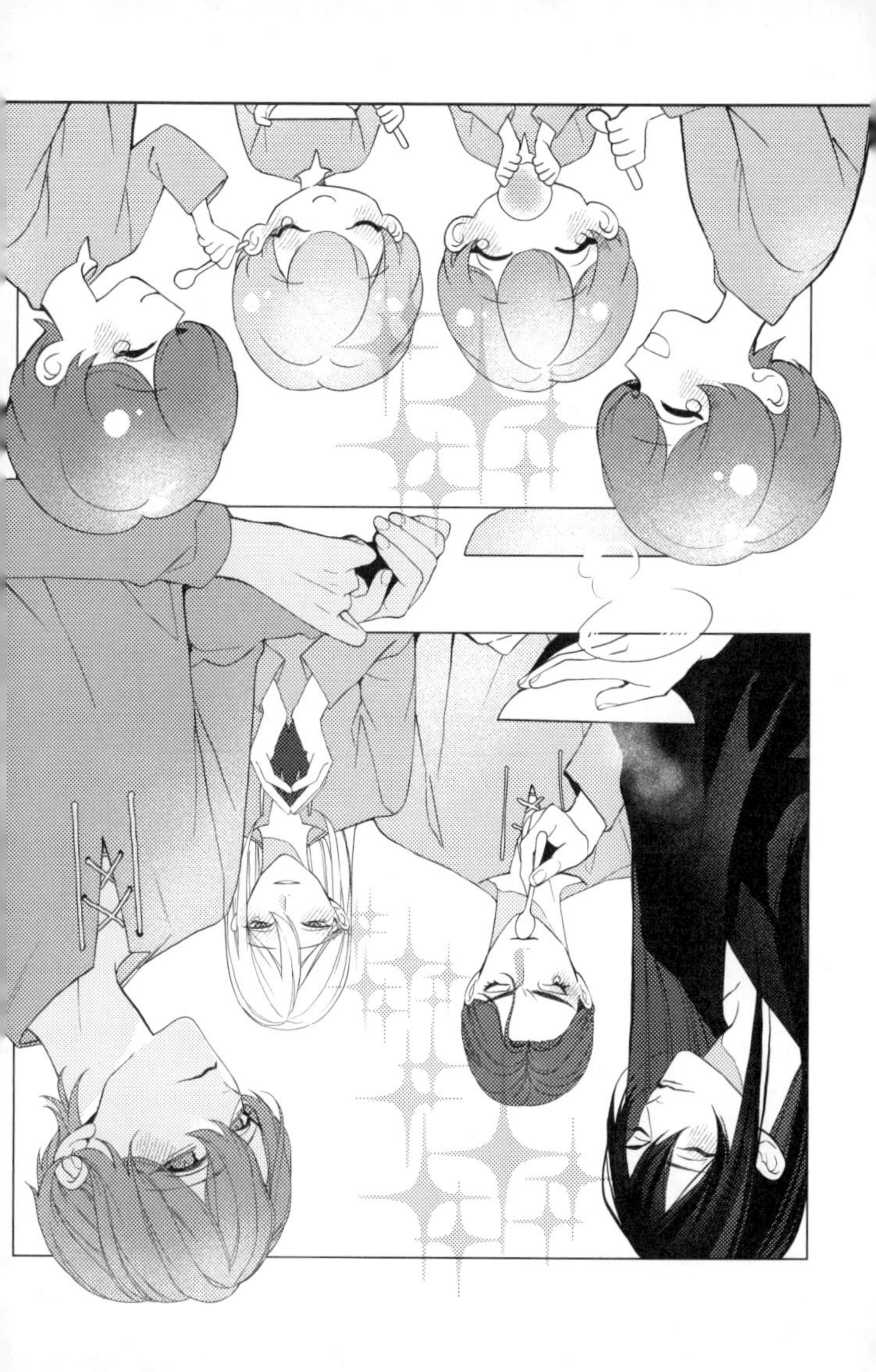

すぐさま子供たちをたしなめた。

「今日のような手の込んだ料理を、毎食作るということか？　たった一人でか。それは重労働すぎる。過労で死んでしまう」

大袈裟だが、伊折を心配してくれているのだろう。だから伊折も、ひるまずに自分の気持ちを口にすることができた。

「俺もプロではないので、そこまで料理のレパートリーは豊富じゃありません。だから、朝はパンだけとか、オートミールだけとか。昼の残りを夜に使い回すとか、手を抜くところは抜きます。でも、なるべく飽きないように考えるつもりですし、少なくとも毎日三食オートミールの生活よりはいいと思うんです」

ナタンは伊折の言葉を吟味するように、軽く眉根を寄せる。周りはみんな、ナタンが何と答えるかソワソワしていた。ユリが待ちきれない様子で口を開く。

「とりあえず、やってみてもらったらどうかな。しばらくは、イオリのやりたいようにやってもらって。もし荷が勝ちすぎるようなら、朝とか昼とか、一部を当番制にするのはどう？」

「そうだ。それがいい。さすがユリ、賢いぜ」

ヴィンセントが褒め称え、ユリは照れ臭そうに「えへへ」と笑って微笑み合った。前から思っていたが、二人は本当にとても仲がいい。

「ぼくたちも、もっとイオリのごはんたべたい」

「ナタンさまあ」

四つ子たちが目を潤ませてナタンを見上げ、懇願する。その目には、ナタンも勝てないようだった。

「わかった。イオリに任せよう」

ため息と共に彼が言えば、歓声が起こる。伊折もホッとした。

「ただし、無理は禁物だ。家事労働は何につけても体力がいる。お前は少し前まで起き上がれないくらい、疲弊していたのだからな」

「はい。気をつけます。ありがとうございます」

怖い顔で釘を刺す。でも怖いのは顔だけで、彼の過剰とも言える心配が伊折には嬉しかった。

思わず笑顔になって言うと、ふん、と鼻を鳴らされ、「礼を言うのはこっちだ」と、怒った口調で言われた。

彼なりの、照れ隠しなのだ。そう気づいて、また胸がキュンと高鳴った。

伊折は翌日から、みんなの食事を作り始めた。

最初の一瞬だけ張り切ったけれど、ナタンが心配していたのを思い出し、はやる気持ちを抑えて、ほどほどに頑張ることにした。

これから毎日続けるのだ。最初に張り切りすぎると、途中で息切れしてしまう。

最初の数日は、勝手がわからないのと、みんなの食べ物の好みがわからず、初日と似たような野菜と肉を煮込んだだけのスープが多かった。

それから徐々に、呪いの貯蔵庫にあるストックを把握して、元の世界にいた時の料理やレシピを思い出し、貯蔵庫にある食材で工夫して作るようになった。

下宿屋の人々は好き嫌いがなく、何でも大喜びで食べてくれる。それぞれ、食の好みはあるようだが、今はとにかくオートミール以外のものを毎日食べられると、感激している。

「イオリがきてくれて、よかったね」

「ふん。イオリには不運だろうが、我々には僥倖だったな」

彼らの何気ない言葉が嬉しい。

そうして食事を続けていくうちに、あっという間にひと月が経った。

下宿屋の暮らしにも慣れ、住人たちの生活サイクルや、それぞれの一日の過ごし方もわかるようになった。

伊折がいた日本の現代社会とは違い、この下宿屋の人たちの暮らしぶりは、基本的にのんびりしている。

子供たちは毎日、決まった時間に寝起きする。食事の時間以外は大抵、外で遊ぶことが多いようだ。

時には樹海まで出ていくこともあった。そこで知ったのだが、この樹海はキップールの人たちが言っていたほど、危険ではないようだ。

大型の獣もそれほど多くは生息していない。広すぎて迷うことはあるし、自然を甘く見ることは禁物だが、下宿屋の近くならばさほど危なくないそうだ。

それでも伊折は、子供たちだけで危険はないのかと心配したが、ナタンは「彼らなら大丈夫」と言う。ならば大丈夫なのだろう。

ナタンはたぶん、無責任にそんなことを言わないし、子供たちへの愛情は人一倍深いようだ。

ヴィンセントは日中はよく、庭で鍛錬をしていた。

筋トレや走り込み、剣の稽古などである。いい運動になるとかで、庭の雑草も熱心にむしってくれる。この家での力仕事は、大抵がヴィンセントの担当だ。

「元いた世界では、傭兵やってたんだよ。戦場から戦場を渡り歩いてな」

あっけらかんと言うヴィンセントの身体には、なるほど平和な生活では付くことがないような、無数の古傷があった。

一番大きな傷は、腹のみぞおち辺りにある引き攣れた痕だ。どうやってできたのかわからないが、こんなところにこれほど大きな傷を負ったら、普通は助からないだろう。しかし、今はすっかり完治して、後遺症もなく至って健康らしい。

「あの時は死にかけた。俺じゃなきゃ死んでたな。今じゃピンピンしてるし、あそこも毎日ビンビンよ」

親父っぽい下ネタも多い。それでよく、ユリに叱られている。

ユリは生活が不規則だった。以前は子供たちに朝食を出すため、食事当番の時は徹夜をしていたと言うが、今は完全な夜型人間である。

キップール王国の元魔術師は、今も魔法の研究を続けていた。東棟の奥から手前の一室が、ユリの研究室なのだそうだ。

すると最奥は、ヴィンセントとユリの共同の寝室ということになる。

なぜ寝室が同じなのか、伊折も何となく想像するところはあるのだけど、彼らに確認したことはない。

ともかく、ユリは一日中、研究室にこもっていることもあって、そういう時、ヴィンセントはつまらなそうにしていた。

しょんぼりしていたり、逆にむきになったように、子供たちと全力で鬼ごっこをするのも、ユリがいない時だ。

ユリの魔法に対する熱意は相当なようで、最先端の魔法技術を持っていた魔族のナタンに、専門的な質問をしていることがある。

もっとも、ナタンは魔法の専門家というわけではないようだ。

ナタンは生まれつき豊富な魔力を持ち、その魔力を操作する術は身に付けているそうで、かなり高度な魔法の知識もあるらしい。

けれど、ユリが知りたがっている、『呪いの貯蔵庫』のような高度な技術については、専門外らしいのだ。

「何となく原理はわかるが、実際に作れるわけではない。そういうのは専門家に任せていた」

ナタンが言っていた。その辺りは伊折もよく理解できる。

伊折も、インターネットなど元の世界の技術について一定の基礎知識はあるが、だからといって自作はできない。

しかしユリは目下、『呪いの貯蔵庫』の研究に力を入れており、自力で再現しようとしているようだ。たまに寝食を忘れることもあるくらい、没頭してしまう。

このように、住人たちのことは何となくわかってきたけれど、ナタンについてはまだまだ、謎が多かった。

彼の生活サイクルは、比較的規則正しい。たまに寝坊することもあるが、大抵は子供たちと同じ時間に起きてくる。

家事は当番制になっている。各部屋の掃除は自分たちでやる決まりで、子供たちも例外なく、小さな箒や雑巾を持って、ちゃんとロフトを掃除している。

それでも行き届かない場所を掃除したり、トイレの紙を補充しておいたり、水道の蛇口の水曇りを綺麗にしてくれたりするのも、ナタンである。

ちなみに、伊折の前で思わず魔族の角を出してしまったナタンだったが、あれから角は引っ込めたまま、一度も出していない。

「家のことをする時、邪魔になるからな。特に洗濯物を干す時、必ず引っかかるのだ」

細々と家のことをしてくれるナタンだが、そんな彼は数日に一度、庭で採ったリンゴを籠にいっぱい入れて、ふらりと樹海の奥へ出かけていく。

戻ってきた時には、籠の中身は空になっている。何をしに、どこへ行くのかわからない。聞けば答えてくれるだろうが、こういう時のナタンは寂しそうで、声をかけるのがためらわれた。

謎と言えば、ナタンの行動以外にも気になることがあった。

ユリとヴィンセントがこの下宿屋に転がり込んだのは、かれこれ十二年も前だという。その当時からすでに、四つ子たちはここに住んでいたらしい。

とすれば、子供たちは少なくとも十二歳以上ということになる。

でも、見た目は三歳児のままだ。魔族の子供は成長が遅いのかとも考えたが、どうも四つ子は、魔族の普通の幼児とも違うらしい。

「あいつら、俺が出会った時はもっと、ムッキムキのガチムチマッチョだったよ。あんな姿になって、心も幼児退行しちまったみたいだけどな。でもどうやら、見た目どおりでもないみたいだ。中身がどこまで子供なのか、ナタンにもわからないらしい」

ある時、伊折が何気なく疑問を口にしたら、ヴィンセントがざっくりしたことを教えてくれた。

四つ子たちはもとは大人の姿をしていて、何かが原因で幼児になってしまったようだ。

いったい何が原因なのだろう。成長することはあるのか。

いろいろと気になったが、それ以上のことは打ち明けてもらえなかった。

「ナタンに口止めされてるんだ。あいつは俺やユリより繊細だからな。そのうちあいつの気持ちが折り合ったら、向こうから教えてくれるよ」

他にも、庭のリンゴの木が、どんなにもいでも、いつでも鈴なりに実を付けていることとか、ユリがたまに、『呪いの貯蔵庫』の中に入ってぼんやりしていること、そういう時、彼の目に涙の痕があることとか……気になることはいくつかある。

明るく平和な下宿屋の住人たちにも、まだまだ伊折の知らない事情があるのだろう。

知りたいと思う気持ちもあったが、根掘り葉掘り聞き出すのは無神経だ。

そのうち、事情を知る機会もあるだろう。なくてもよかった。

ここに来てから、毎日が楽しい。誰も伊折を疎まない。それどころか、食事が美味しいと感謝さえしてくれる。

ちょっと喋るのが遅くても、声が小さくても、イライラしたり馬鹿にしたりしない。聞き取れなかったら、ちゃんと聞き返してくれる。

朝から晩まで働かされて、他人の分まで仕事をして、挙げ句に「使えねえ奴だな」と、蹴飛ばされることもない。

それどころか、無理をしないようにと口酸っぱく言われ、のんびりすることを推奨される。

ここに来て、自分が元の世界でどれほど無理をしていたのか、気がついた。

この下宿屋では、ゆっくり息ができる。朝、目が覚めて死にたい気持ちになったりしない。

だから、それ以上のことは望まない。自然に知るその時まで、謎は謎のままそっとしておこう。

伊折はこの下宿屋の人たちと同様、のんびり生きることにした。


下宿屋に来て、早くも二か月が経った。

今日は午後から、ナタンと四つ子と一緒に、庭でリンゴを収穫している。

定期的に収穫しないと、次から次へ常ならざるスピードで実を付けるのだ。

下宿屋のメンバーが交替で毎日のようにもいでいるが、それでも地面にリンゴがたくさん落ちている。傷みの少ないものをより分けて籠に入れ、ナタンがどこかへ持って行く。

傷みの多いものは庭の外に捨てた。そうすると、樹海の動物たちの食料になるのだそうだ。

枝からもいだものは、下宿屋の食卓に上る。

リンゴは栄養が豊富だからか、ナタンは子供たちにせっせと食べさせようとする。

「一日一個は食べなさい。リンゴを食べないと、大きくなれんぞ」

もう食べたくない、とぐずる子供たちに、ナタンはよくそんなふうに注意している。

ユリは子供たちとは反対に、毎日たくさん食べていて、ヴィンセントに「食いすぎるとまた、腹壊すぞ」と、注意されることもあった。

今日もたくさん生ってるなあ、とリンゴもぎを手伝いながら伊折は思い、そこでふと、思いついた。

「ナタン様。ここのリンゴ、ジャムにしたらだめでしょうか」

伊折は昔、ジャムを煮ようとしてレシピだけは調べたことがある。

ジャムはパンに付けてもいいし、クレープに添えたり、紅茶に入れても美味しい。生のまま食べ続けるより、味に変化ができる。たくさん食べられるのではないだろうか。

「リンゴのジャム……だと？」

しかし、高い枝に生っているリンゴをもいでいたナタンは、聞いてはいけない言葉を聞いた、というように、険しい表情でこちらを振り返った。

それからハッと口をつぐみ、きょろきょろと辺りを見回す。

子供たちは地面に落ちたリンゴの実を拾っていたが、今はもう飽きて、少し離れた場所で鬼ごっこを始めていた。

こちらの会話に気づいた様子はなく、ナタンはホッと息を吐く。伊折は相手の予想外の反応に、困惑した。

「ここのリンゴを煮詰めるのは、良くないですか。それとも、ジャムってここでは馴染みがないんでしょうか」

「しっ。その言葉をみだりに口にするな。ちょっとこっちに来い」

ナタンが慌てたように言い、伊折の手を引いて子供たちから離れた。

どうやら、子供たちには聞かれたくない話のようだ。リンゴジャムがなぜ、と思うが、それよりナタンに手を握られ、顔が熱くなった。

「ここまで来れば、大丈夫か」

リンゴの木から離れ、下宿屋の表玄関の方まで回って、ナタンはふう、と危機を脱したように大袈裟なため息をついた。

その間も、伊折の手は握られたままだ。気づいていないのかもしれない。でも伊折の心臓はバクバクと大きな音を立てていて、相手に聞こえてしまいそうだった。

「ナ、ナタン様。あの、そろそろ手を……」

遠慮がちに申し出ると、ナタンは「え？　あっ」と、小さく声を上げて伊折の手を離した。

「す、すまんな。つい、子供たちと同じように扱ってしまった。お前の手は子供みたいに柔らかいから」

ナタンは伊折の手を握っていた手を、感触を確かめるように握ったり開いたりした。それから伊折がこちらを見ているのに気づき、慌てた素振りでその手を後ろに隠した。

「いやその、なんだ。感触というか……そう、お前はどうも、私への警戒心が薄いからな。ついこちらも気が緩んでしまうのだ」

モゴモゴ言い訳している。別に、手を握ったことをそこまで気にしなくていいのに、と思うが、オタオタしているナタンが可愛い。

「ナタン様、角が」

それにいつの間にか、角も出ていた。伊折が指摘すると、「わっ」と、慌てて角を握る。

「いつの間に……今、しまう」

引っ込めるために、ポンポンと角を叩く。その仕草が可愛くておかしくて、伊折はとうとう吹き出してしまった。

「笑うな」

「俺はナタン様の角、嫌じゃないです。前に言ったじゃないですか」

「わかってる。これはリンゴをもぐのに邪魔だからしまったのだ。……そう、リンゴジャムの話だったな」

ナタンは自分の言葉で思い出したように、話を元に戻した。

「やっぱり、ジャムにするのはやめた方がいいでしょうか。そもそも、ジャムって馴染みがないですかね」

ナタンは再び難しい顔になり、「いや」と、どちらの言葉も否定した。

「ジャムは魔界でもよく朝食に出ていた。ここが下宿屋になってからも、たまにケルディが持ってきてくれる。ただ、子供たちは甘い物に目がなくてな。ジャムなどと口にしようものなら、どこだどこだと騒ぎまくる。ジャムの壺が届いた端から食い尽くす」

いくらナタンが叱っても、こっそり貯蔵庫に忍び込んで食べてしまうのだそうだ。毎日こっそり、ちょっとずつ……のつもりが、いつの間にかなくなっていたらしい。

「甘い物に飢えてるんですね」

毎日、オートミールの生活だったのだ。無理もない。

「そういうことでしたら、ぜひジャムを作りたいんですが」

砂糖も『呪いの貯蔵庫』にたくさんストックがあった。わかりづらく、踏み台がないと届かない高い場所にしまってあったのは、子供たちの盗み食いを防止するためだったのだろう。

伊折は、リンゴジャムを思いついた経緯を説明した。

「ただ、チビさんたちの栄養のために食べさせているんでしたら、煮詰めて作るので、熱に弱い栄養素なんかは壊れちゃいますけど」

家庭科の授業を思い出して付け加える。

「ああ。いや、栄養面の心配はしていない。彼らに食べさせていたのは、魔力を補うためだ。庭のリンゴは、その実に魔力を宿しているからな」

「魔力？　魔族の人たちは、魔力を摂取しないといけないんですか」

魔族について、伊折はいまだによく知らない。何気なく尋ねたのだが、ナタンの表情がわずかに曇った。

「常ならば、その必要はない。自然に体内で生成され、蓄積される。よほど魔力を使うことがない限り、枯渇することもない」

そのよほどのことが、ちびっ子たちの身に起こったのだ。

——俺が出会った時はもっと、ムッキムキのガチムチマッチョだったよ。あんな姿になって、心も幼児退行しちまったみたいだけどな。

ヴィンセントの言葉を思い出す。下宿屋の人たちの話を総合すると、ナタンが子供たちを引き取り、下宿屋にみんなが住み始めた時期は、魔界の滅亡からそう遠くない。子供たちの幼児退行は、勇者と魔族の戦いに関係しているのだろうか。

そこまで推察したけれど、ナタンに確かめることはしなかった。

キップールとの戦争の話に触れる時、ナタンは悲しい顔をする。国を滅ぼされたのだから当然だ。悲しい記憶を呼び覚ますような話題に、わざわざ触れることはしたくなかった。

そんな伊折の思いに、ナタンも気づいたようだ。寂しそうな顔のまま、少し微笑んだ。

「魔族や魔力のことは、またいつか、お前にも詳しく話そう。庭のリンゴでジャムができるなら、喜ばしいことだ。加工しても魔力量は変わらないはずだから、ぜひ試してみてほしい」

滅多に見ないナタンの微笑みは、柔らかく優しい。伊折は胸がキュンと跳ね、それからしくりと痛んだ。

「はい。やってみます」

「よし。リンゴをもいでしまおう」

子供たちが、ナタンと伊折を呼ぶ声がする。大人たちの姿が見えなくなって、ちょっと不安になったのかもしれない。

伊折がうなずくと、ナタンは唇の端を引き上げてまた、微笑んだ。

「じゃむじゃむ」

「あっ、だめだよ。ひとり大きいスプーンで三ばいまでだよ」

「ねえねえ、イオリ。つぼのジャムがなくなったら、また作ってくれる？」

「ぼく、アップルパイもすき！」

四つ子たちが騒いでいる。子供たちは元気だ。今日も騒がしい。

「こら、チビども。ジャムを独り占めすんな。俺らにも回せよ」

「ひとりじゃないもん。よにんだもん」

「ぐぬぬ。ああ言えばこう言う」

子供たちだけではなかった。ヴィンセントも騒がしい。

さっそく作ったリンゴのジャムは、大成功だった。

最初は分量がわからず、とろみが足りなかったりしたけれど、みんな大喜びで食べてくれた。リンゴと砂糖、それに貯蔵庫にあった柑橘類を使ったジャムは、ちょっぴり苦みと酸味があって美味しい。

すぐになくなってしまい、また作った。二度目も瞬く間に消え、糖分の摂りすぎを懸念したナタンから、「ジャムは一食につき、スプーン三杯まで」と、お達しが出た。食べすぎはよくない。子供も大人もきっちり守っている。

子供たちも喜んで魔力を摂取できるし、食卓が豊かになる。いいことずくめである。

「そうだねえ。そろそろ残り少なくなってきたから、またジャムを作ろうかな。それとアップルパイも」

朝食を食べながら、伊折は子供たちの言葉に答えた。ちびっ子たちがぱあっと顔を輝かせる。

「パイ！」

「パイ大好き！」

「俺も大好き。パイも雄っぱいも」

無邪気な子供たちに続いて、無用な親父ギャグを叫ぶのはヴィンセントである。

ツッコミ役のユリはまだ寝ていないので、ナタンが代わりにヴィンセントを睨んだ。

伊折は、頭の中で変換された「雄っぱい」が気になったが、聞き返すことはしなかった。朝食の席にはふさわしくない話題だ。

「あの、パイを作ってもいいでしょうか。こないだ、ケルディさんがバターをいっぱい納品してくださったので」

少し前に、商人のケルディがやってきた。

ケルディは背丈が伊折の胸のあたりくらいの、小柄で毛むくじゃらな猫の獣人だ。

二足歩行の太った三毛猫にしか見えないが、中年の男性だという。

樹海の東側にある、ザファルという獣人の王国で代々、商会を営んでいる。

伊折が食事を作っていると言うと、大いに喜んだ。彼も常々、下宿屋の食生活を気にしていたらしい。

様々な食材と、それに衣類などの日用品も納品していってくれた。

伊折の服はそれまで、ユリから借りたものばかりだったのでありがたかった。

「せっかくのバターだから、使わないと勿体ないよな。な？　ナタン」

ヴィンセントがはしゃいだ声で言い、ナタンはいつものように偉そうな口調で「構わん」と言った。

「貯蔵庫の中身は好きに使え。イオリ、前から何度も言っているが、いちいち周りに断らなくていい。気を遣われすぎると、かえって気詰まりだ」

ナタンの口調は、相変わらず横柄だ。そこに悪気はなく、率直に物を言っているのは、伊折もわかっている。

でも、今朝のそれは少し、伊折の心を動揺させた。

おどおどしていると、元の世界でも言われた。自信がないから、すぐ人の顔色を窺ってしまう。それが相手を苛立たせることも、自覚している。

わかっているから、他人から……それもナタンに指摘されて、ぐさりと心に刺さった。

「は、はい。すみません」

「……謝る必要もない」

「こら、ナタン。そういう言い方すんなっての。感じ悪いぞ」

しゅんとする伊折を見かねたのか、ヴィンセントが間に入った。しかしナタンは、じろりと相手を睨む。

「他にどう言えと？　謝る必要がないから、必要ないと言っているのだ」

「いや、だからさ。もうちょっと言い回しってもんがあるだろ」

「曖昧に言葉を濁すのが気遣いなのか？　伝わらなければ意味がないだろう」

頑なナタンの態度に、いつも大らかなヴィンセントもちょっとカチンときたようだ。

あのなあ、と声を荒らげかけ、ちびっ子と伊折を見回して口をつぐむ。

気まずい沈黙が下りた。

「あ……」

自分のせいで、微妙な空気にしてしまった。伊折は罪悪感と焦燥がこみ上げてきて、また「すみません」と言いそうになった。ナタンの言葉を思い出し、ぐっと飲み込む。

「ヴィンス、なかよくしないとだめなんだよ」

「ユリにしかられちゃうよ」

その時、ライとルリが声を上げたので、張り詰めた空気が緩んだ。

「なんで俺ばっかり叱られるんだよ」

ヴィンセントも、眉を下げて情けない声を出す。子供たちがきゃっきゃっと、楽しそうに笑った。

そんなことがあって、伊折は朝食のあとも少し、ナタンに言われたことを引きずっていた。

細かいことで、ウジウジしたくない。もっとゆったり構えていたい。

でも、身に染みついた習慣や考え方は、一朝一夕には変わってくれない。

朝食の後片づけを当番のヴィンセントに任せ、しょんぼりした気持ちのまま、居間の片づけをした。

「イオリ、げんきないね」

ラグを庭に干し、板の間の掃き掃除をしていたら、ホムラがロフトから下りてきて、伊折の足に抱きついてきた。

他の三人は、まだ上で片づけをしているようだ。おもちゃがないとか、声が聞こえる。

「あのね、たいへんだったら、ジャムつくらなくていいよ。ぼく、オートミールでもがまんするよ」

伊折が元気がないのを心配しているのだ。じわっと目頭が熱くなって、涙目になっているのを誤魔化すために、ひざまずいてホムラを抱き締めた。

「ありがとう、ホムラ。大丈夫、俺は元気だよ」

「ほんと？　よかった」

ホムラがくすぐったそうに笑う。そうしていたら、片づけを終えたヴィンセントが台所から出てきた。

「おっ、仲良しだな」

からかう口調で言うと、ホムラは照れ臭そうな顔をして、パタパタとロフトに上がっていった。それを見送って、ヴィンセントは膝をついたままの伊折の顔を覗く。

「さっきのこと、気にすんなよ。って言っても、お前さんみたいなタイプは気にするかもしれんが」

「すみません。……あ、いえ」

思わず謝ってしまい、慌てた。ヴィンセントはクスッと笑い、伊折の頭を乱暴にくしゃりとかき混ぜた。

「お前はいい子だよ。誰もお前を嫌ったりしない」

まるで、伊折の生い立ちを知っているかのようだった。驚いて見上げると、ヴィンセントは眉を引き下げて肩をすくめた。

「俺の傭兵団に、お前によく似た下っ端がいたのさ。いっつも自信なげにおどおどして。けど、気は利くし料理は上手いし、いい奴だったんだが……」

ヴィンセントが悲しい顔をしたので、伊折も話に釣り込まれて悲しい気持ちになった。しかし、次の瞬間にはもう、彼はくるりと表情を変えていた。

「居酒屋の娘とねんごろになって、さっさと傭兵団を抜けちまった。俺がこっちの世界に召喚される直前には、子供もできて腹も出てきて、ついでに禿げて、妙な貫禄が出てたぜ」

ヴィンセントがおどけた調子で語るのに、伊折も思わずクスッと笑ってしまった。

「ありがとうございます。それにナタン様が、俺のことを思って言ってくださってるのは、わかってます」

伊折が言うと、ヴィンセントは「ナタンもなあ」と、ぼやいた。

「他人との会話の仕方を、もうちょっと覚えてくれるといいんだけどな。あいつはあいつで、人見知りな上に世間知らずのお坊ちゃんだから」

「そうなんですか？」

ツンデレだとは感じていたが、世間知らずとは。そもそもナタンは何歳なのだろう。外見は三十半ばくらいだが、魔族だからもしかすると、うんと年が上なのかもしれない。

もっと詳しく聞きたいな、という期待を混ぜたのだが、ヴィンセントはそんな伊折の内心を見越したように、ニヤッと笑った。

「ナタンのことが気になるなら、様子を見に行ってやれよ。あいつ今頃、落ち込んでるだろうから」

「ナタン様が？」

どうして落ち込んでいるのだろう。伊折が首を傾げると、ヴィンセントは笑った。

「お前の言葉でイオリは傷ついたんだぞって、忠告したんだ。嫌われたかもな、って言っちゃったから、今頃は落ち込んでると思う」

俺の代わりに謝っといてくれよ、とヴィンセントは言う。

「あいつと俺とじゃ、こういう時はどうしたってギスギスしちまう。お前の言うことなら、あいつも素直に聞くだろうからさ」

ギスギスするとは、どういうことか。ナタンとヴィンセントはどういう関係なのか。ナタンは本当に落ち込んでいるのだろうか。

伊折が気になるような言い方をするのは、わざとなのだろう。

「じゃ、よろしく」

イケおじはニヒルに笑い、自室のある東の棟へと去って行った。

ナタンの様子は気になったが、すぐさま部屋を訪ねる勇気はなかった。

そこで伊折は、居間の掃除を終えると、『呪いの貯蔵庫』へ向かった。

砂糖に小麦粉やバターといった、食材を調達して台所に戻る。台所横のパントリーには、今日もリンゴがいっぱいに入った大籠がいくつも置かれていた。

そのリンゴの三分の二を、砂糖と大鍋に入れて煮込む。ジャムのとろみを出すために、最初は柑橘系の果物を一緒に入れていたが、庭のリンゴは少し酸っぱいせいか、水の量を加減して砂糖と煮込むだけで、ちゃんととろみが出る。

ジャムを作る間、残りのリンゴでアップルパイを作った。フィリングはシナモンを入れたものと、シナモン抜きの二種類用意する。

四つ子の中でも、シナモンの有無は好みが分かれる。ホムラとルリはシナモンが苦手で、ない方がいいという。ライはどちらかというと入っていた方が好きで、ヒスイはシナモンが大好きだった。

ユリは苦手で、ヴィンセントはどっちでもいいと言う。伊折も、どちらも好きだ。その日の気分で選ぶ。

そしてナタンは、シナモン入りのアップルパイが好きだった。

フィリングの一方に、シナモンをたっぷりかける。今日はパイ皿は使わず、四角い一人分サイズにした。そのほうが持ち運びに便利だからだ。

（ナタン様と、仲直りできますように。……喧嘩したわけじゃないけど）

ジャムの鍋をかき混ぜながら、心の中で祈った。

昼前には、大量のジャムとアップルパイが出来上がった。ジャムをいくつかの陶器の瓶に詰め、一つはパントリーに、残りは『呪いの貯蔵庫』の、チビたちの手の届かない場所にしまう。

貯蔵庫の別の棚から、ハムとチーズ、それに作り置きの総菜と、三日前に焼いておいたパンを取り出した。みんなの昼ごはんを作るためだ。

ケルディから天然酵母の作り方を教わって、庭のリンゴで酵母を作るようになった。おかげで下宿屋でも、ふわふわのパンが焼けるようになっている。呪いの貯蔵庫に保存しておくので、いつでも焼きたてだ。

食事係になって、はや数か月。伊折はわりと、この貯蔵庫を使いこなしていると思う。

（うん。別に俺、ナタン様が心配するほど、遠慮しながら暮らしてるわけじゃないよな）

時間のある時に大量に料理を作り置きし、ストックしておくことも思いついた。

冷たいものは冷たいまま、熱々の料理はまるで、たった今オーブンから取り出したように熱々のまま保存できる。食卓は毎日、何品も料理を出せるようになった。

食材を無駄なく料理して、それらを管理する仕事は、自分に向いていると伊折は思う。毎日、食事の準備をするのが楽しい。

（ナタン様に、遠慮してるわけじゃないって、ちゃんと言おう）

食事係だって、楽しんでやっている。ナタンに心配してもらわなくても大丈夫だ。

今朝はちょっと、ナタンのきつい言い方にしょんぼりして言い返せなかった。

でもこれからは、「すみません」とうつむくのではなく、少しずつでも自分の気持ちを伝えよう。

それで口喧嘩になっても、相手に何も伝えないよりいい。

自分は変わったと、伊折は思う。

元の世界では、誰かと衝突するのが怖くてたまらなかった。相手の機嫌を少しでも損ねたら、居場所がなくなってしまう。排除されてしまう。

だから、ずっと怯えて暮らしていた。

実家でも、学校でも、会社でも。自分の意見を伝えるのではなく、相手が何を考えているのか推し量っておもねる。

それが伊折にとっての日常だった。自分でも、それは変だとわかっていたけれど、生きて行くためには仕方がなかったのだ。

でももう、ここは元の世界ではない。異世界の下宿屋だ。

「元の世界に帰れなくてよかった。ずっとここにいたい」

口にして、気づく。そう、これからもここで暮らしたい。みんなと、ナタンと。

「もっと、ナタン様と話をしたいな。自分のこととか、ナタン様のこととか」

階段を上りながら、つぶやく。勇気を出そう。ちょっとずつ変わっていこう。

すぐには無理だろうけど、一歩ずつ。この下宿屋の人たちが、ナタンが好きだから、彼らとこれからも楽しく過ごすために。

階段を上り切り、地上に戻る。地下はひんやりしていたけれど、階段を上り切った廊下は、それよりいくぶん暖かかった。

庭のほうから、子供たちの笑い声がする。

「よし。まずはパパッと、昼ごはんを作っちゃおう」

伊折は元気よく声を上げた。

昼ごはんには、シンプルなハムとチーズのサンドイッチ、それに冷めても美味しい鶏のから揚げだ。

日中はみんな、めいめいに時間を過ごすので、好きな時間に食べられるようにした。

それらを食堂のテーブルに並べ、西の棟のナタンの書斎を訪ねたが、彼はいなかった。寝室にもいない。

昼ごはんを食べに食堂に来た、四つ子たちに聞いてみた。

「ナタンさまはね、森のおくにいるよ」

「おしろのあと」

ライとホムラが、サンドイッチにかぶりつきながら言う。

「お城？」

そうだよ、と、から揚げをフォークに刺しながらヒスイが答えた。ルリが大きくから揚げにかぶりつき、はふっと、息をつく。

「あのね、ナタンさまはいつも、リンゴをもって森にいくでしょ。おしろのみんなのところにいくの」

城の跡、みんなの所……。リンゴを抱えて悲しそうな顔で樹海に消えていくナタンを思い出し、伊折は何となく、城の跡というのがどういう場所か、想像がついた。

滅びた城跡に、かつての魔族たちが眠っているのだろう。ナタンは二日と空けず、かつての同胞を訪ねていく。リンゴのお供え物を持って。

そこまで想像した時、伊折はぎゅっと、胸が引き絞られるほどの悲しみを覚えた。

「そこ、俺も行ったらだめかな」

邪魔をしてはいけないかもしれない。それは魔族の大切で厳かな場所なのだろうから。でも、ナタンの悲しみを思うと、いてもたってもいられなくなった。

「いーよ」

意外や、あっさりとホムラが答えた。

「いいよね。ヴィンスやユリもたまにいってるもん」

「ぼくたちもいくよ。してんのーだから。いっぱいおいのりするの」
「ぼくたち、つよいんだよ。ナタンさまのつぎにつよいの」
と、ライ。

してんのー、とは、四天王という意味だろうか。ヒスイとルリの言葉に、伊折は目を白黒させた。

もう少し詳しく聞きたかったが、子供たちはサンドイッチとから揚げに夢中だ。三時のおやつにアップルパイがあると教えたら、大騒ぎになるかもしれない。

パイのことは、おやつの時間まで黙っておこう。そう決めて、どうにか城跡の場所だけは聞き出した。

「白スミレが咲いてるから、そのお花にそってあるくの。森にでたら、すぐわかるよ」

城跡までの道しるべがあるらしい。子供たちに礼を言い、伊折は食堂で二人分のサンドイッチとパイを籠に入れた。保温機能のある水筒に紅茶も詰めて、木製のマグカップも二つ添える。

ナタンがいつもそうするように、裏庭から樹海へ出る。

下宿屋に来てから、何度か樹海へ出たことはある。主に四つ子たちと散歩に出かけていたのだが、いつも反対の方角にある表玄関からで、裏庭から出たのは初めてだった。

木戸をくぐると、鬱蒼とした木々の中に小道がある。人の足で踏み固められた、獣道にも似た未舗装の道だ。

恐る恐るその道を辿っていくと、なるほど子供たちの言っていた通り、方向を迷うような場所には必ず、白いスミレの花が咲いていた。

白く可憐な花を辿って、先に進む。今日も空はよく晴れていて、時おり小鳥のさえずりが聞こえた。

樹海を一人で歩くのは、キップールの兵士に捨てられて以来、初めてである。

あの時は恐怖しかなかったが、今はほんの少し心細いくらいで、恐ろしくはなかった。

それから、五分ほど歩き続けただろうか。十階建てのビルの高さほどある、巨木に突き当たった。

左から巨木の向こうを覗いたが、小道は途絶えて鬱蒼とした森が続いている。白スミレが右の根元に咲いているのを見つけ、試しに右から巨木を回ってみた。

「わあ」

伊折は思わず声を上げた。左から見たのとは、まったく別の景色がそこに広がっていた。

森の木々は消え、代わりに青々とした草が生えた、なだらかな丘が続いている。その丘の奥に、石造りの建造物がほとんど土に埋まった状態で、先端だけを覗かせていた。

恐らくそれが、かつて城だったものだろう。

どうやって土に埋まったのかわからないが、ヨーロッパの古城に見られるような、円錐形の尖った屋根のようなものがいくつか、土から飛び出ていた。

その間に横長の屋根のようなものも見え、全貌はわからないが、相当に大規模な建物なのは確かなようだ。

そうした城跡の前に、ナタンの姿を見つけた。城の周りに撒いたのか、赤いリンゴが散らばっており、その傍らにナタンがあおむけに横たわっていた。

「ナタン様！」

倒れているのだと思い、血の気が引いた。伊折は慌てて丘を走る。なだらかな傾斜の丘をいくつか上り下りした。運動不足のせいかすぐ息が切れたが、それどころではなかった。

「ナタン様！」

「……イオリ？」

しかしどうやら、倒れていたわけではないらしい。だいぶ近づいて声を上げると、ナタンはパチッと目を開け、驚いた様子で起き上がった。

伊折の姿を見つけ、目を瞬かせる。この場に伊折がいるのが、信じられないようだった。

「すみません、勝手に来たりして」

ナタンの眉間に皺が寄ったので、怯みそうになった。ぐっと拳を握りしめ、気持ちを奮い立たせる。大丈夫。ナタンは理不尽に怒ったりしない。

「でも、あの、今朝はちょっと気まずかったから。お昼を持ってきたんです。それで、仲直りをしようと思って」

ずい、と昼ごはんの入った籠を差し出す。ナタンは目を見開き、伊折と籠とを見比べた。

「別に喧嘩をした覚えはないが……だが、そうか。そうだな。仲直りか。いいだろう」

うなずいたナタンは、ちょっと頬が赤かった。ポンポン、と、自分の隣の地面を叩く。

「ここに座れ。ちょうど腹が減っていたのだ。仲直りと言うからにはもちろん、お前のぶんも持ってきたんだろうな？」

偉そうな口調と態度に、もう伊折は怯まない。それどころか、笑いそうになるのをこらえなければならなかった。

「はい。あとナタン様のお好きな紅茶と、アップルパイも持ってきました」

それを聞いた途端、ナタンの表情がぱっと輝き、頭には角が出現した。伊折は大きく口を開けて笑った。


それから二人は、城跡の前の丘で昼ごはんを食べた。ナタンの角は例によって、すぐしまわれてしまった。

「今朝のあれは、我ながら感じの悪い言い方だったと思う。無用にお前を傷つける物言いだった。すまなかった」

昼ごはんのサンドイッチを受け取って、ナタンはまずそう言って謝った。

「いえ、俺の方こそ……」

すみません、と言いかけて、これでは今までと同じだなと思い直す。自分の考えを伝えようとしたが、慣れないことをするのは時間がかかる。

伊折が頭の中で懸命に言葉をまとめている間に、ナタンが話を続けた。

「出会った時から、お前はいつも緊張している。慣れない環境のせいかとも思ったが、何か月も経った今も、リラックスしている様子がない。周りに気を遣いすぎるほど気遣って、小さくなっているように見えて、もどかしかった。いや、それも私の勝手な推測だと、ヴィンセントに言われたが」

言葉を切ってサンドイッチを食べ、「美味い」と、つぶやく。伊折は紅茶をマグカップに注いで渡した。

「ありがとう。私の好きな茶だな。……お前はここに来てから、よく働いてくれている。真面目で誠実なのだと思うし、ただ宿代として労働をしているわけではないことも知っている。料理をする時のお前は楽しそうだ」

ナタンの言葉を聞いて、伊折は驚きに軽く目を瞠った。こちらが思っていた以上に、ナタンは伊折のことをよく見ていたし、よく考えてくれていたのだ。

「けれど、我々に接する時、特に私と応対する際、お前は常に緊張している。今でもだ」

「それは」

食べかけのサンドイッチを見つめながら、思い詰めた表情でナタンが言うのを見て、伊折は慌てた。

「嫌われていないのはわかる」

相変わらず前を見つめたまま、ナタンは伊折の声を遮るように早口に言った。

「ヴィンセントは、イオリはそういう奴なんだという。そのものを受け入れてやれと。そういう奴がどういう奴なのか、私にはわからない。それより、どうしても考えてしまう。魔族という私の存在が、お前に生理的な嫌悪や緊張を強いてしまうのではないかと」

「違います！」

伊折は思わず大きな声を出した。

「それだけは違います」

きっぱりと、ナタンを睨むように見つめる。

伊折が急に大きな声を出したせいか、ナタンは驚いてにゅっと角を出しかけていた。自分で気づき、サンドイッチを口にくわえながら、慌てて角をポンポンと叩いてしまっている。

伊折はそれを見て、「しまわなくていいです」とも言った。

「俺は嫌じゃないって言ってるのに」

「だが、理性では嫌っていなくても、本能が……」

「俺は異世界人です。魔族とか獣人族とか、よくわかりません。って言っても、ナタン様にはピンとこないんですよね。でも、理性でも本能でもナタン様を嫌ってなんかいません。人に対して緊張するのは、ヴィンセントさんの言うとおり、そういう性格なんです」

言葉をまとめている時間はなかった。

ナタンや魔族を嫌ってなんかいない。それだけは伝えたい。

「仰る通り、俺はいつも人に対して緊張してるのかもしれません。でもそれは、相手が誰かは問題じゃなくて、たぶん……俺の生い立ちのせいなんです」

いつも、おどおどビクビクしている。ここでゆっくり、自分らしく生きられるようになったと思っていたけれど、やっぱり人はそう簡単には変わらない。端から見たらまだ、緊張しているように見えるのだ。

「俺のこと、鬼っ子、って母は言ってました。親に似てない子を、そう言うらしいんです」

伊折は自分の生い立ちを語った。人に伝えなれていなくて、かなり長いことかかってしまったけれど、ナタンはたまに相槌を打ちながら真剣に聞いてくれた。

「つらい話だ。大変な思いをしてきたのだな」

話が途切れた頃、ナタンはぽつりと言った。

ことさら同情するわけではない、淡々とした声だ。でもその夜色の瞳は、じっと伊折を見つめている。

伊折が樹海で倒れていたのを介抱した時も、こんな目をしていた。ただただ伊折を案じ、回復を願う。そんな表情だ。

ナタンの優しさに思わず泣き出しそうになる。伊折はそれを、笑顔に変えてこらえた。

「俺は、ずっと周りの人たちの顔色を窺って生きてきました。学校の友達とか、最初の職場の人たちとか、たまに気を許せる人たちもいたけど、それ以外の人たちの前では、常に緊張していたんです。でもこの下宿屋に来て、もう顔色を窺う必要はないんだって思えるようになりました」

「だが、長年その身にしみついた習い性は、なかなか変えられないというわけか」

伊折はうなずいた。よかった。ナタンはきちんと伊折の話を聞いて、理解してくれている。

「自分でも、おどおどしてる自分が嫌で、変わりたいと思ってるんです。でも、もう少し時間がかかりそうです」

「そういうことなら、いくらかかっても構わん」

伊折が微笑むと、ナタンはぷいっとそっぽを向いて、ぶっきらぼうに言った。

「私がお前を怯えさせていないのなら、それでいいのだ。安心した。自分自身が変わりたいなら努力をすればいいが、私はずっと今のままでも構わない」

ナタンはいつも横柄な口調で、伊折が欲しい言葉をくれる。誰より優しくしてくれる。

「ありがとうございます。俺、この先もずっと、下宿屋にいていいですか」

勇気をふるって言うと、すぐに「いてくれなければ困る」と、怒ったような言葉が返ってきた。

「お前の料理がない生活など、考えられない。……いや、別に料理をしなくても、ここにいてくれていいがな。何をしてもしなくても、お前はもう、我が下宿屋の一員だ」

ここがお前の居場所だ。そう言われたような気がした。気のせいかもしれない。

でも、伊折が勝手にそう考えても、ナタンは咎めたりしないだろう。

じわりと熱いものがこみ上げて、伊折は慌ててまばたきした。誤魔化すために、えへへ、と笑う。

「ありがとうございます、ナタン様。大好きです」

嬉しいです、と言おうとして、間違えた。いや、完全に間違えたわけではないのだが。

「すっ……」

ナタンが硬直するので、伊折も慌てた。

「す、すみません。馴れ馴れしいですよね。でもあの、俺、下宿屋の人たちが大好きなんです」

「人、たち……あっ、ああ。そう」

かなり動揺している。いつの間にかまた、巻き角が出ていることにも気づいていないようだ。

「ふん。わかっているが。そういうことなら私だって、お前を好ましいと思っている」

「えっ、あっ、ありがとうございます」

今度は伊折が焦ってしまった。親愛の意味だとわかっているが、それでも心臓に悪い。しかし、伊折が赤くなっているとナタンは、

「ほらみろ。いきなり好きと言われたら、照れるだろう」

偉そうに言った。そう言うナタンの顔も赤い。

「そう、ですね。すごく照れ臭いです。でも、嬉しいです」

「私もだ」

二人はふっと笑い合い、でも照れ臭さに押し黙って、黙々と昼ごはんを食べた。

遠くで、長閑な鳥の声が聞こえた。

「ここは、魔界のお城の跡なんですよね」

昼ごはんを食べ終える頃には、伊折もだいぶん気持ちが落ち着いていた。

そよそよと気持ちのいい風が頬を撫でる。ナタンはアップルパイを一口食べて、「シナモンが入ってる」と、嬉しそうにしていた。

「ああ。十二年前はここに、魔界城がそびえていた。魔界とはすなわち、この城のことなのだ」

そこからナタンは、魔界について詳しく教えてくれた。

かつてここにあった魔界城は、地下と地上合わせて六六六階建ての巨大な城塞都市だったのだそうだ。

お城の中に、一つの国がすっぽり収まっていたのである。

「魔族はもともと人口が少ないからな。それで十分だったのだ」

城塞の中の土地で農業や酪農も行って、自国の生産で足りないものは他国から輸入していた。

以前はキップール王国からも、穀物などを輸入していたという。

かわりに魔界は魔石資源や、最新技術の魔道具を輸出していた。

「魔族やエルフ族は持って生まれた魔力が多く、魔力を活用する術に長けている。代々の技術の蓄積もある。魔力が多い生き物は、得てして寿命が長い。エルフは三百年ほど、魔族は個体差があって、短い者は二百年くらいだが、エルフと同じ三百年生きる者が多い。長寿の例では四百年を超える者もいる」

「すごいですね」

二百年でも十分に長寿だ。

「ちなみに、魔族は卵から生まれる。卵は世界樹の根元から自然と発生するのだ。よって我々魔族は言うなれば、みんな兄弟なのだ」

魔族が自然発生する生き物だとは、知らなかった。世界樹の根元からできるというから、どちらかといえば植物に近いのかもしれない。

「世界樹の原木は、城と共に土の中で眠っている。そこから挿し木で生えたのが今、うちの庭にあるリンゴの木だ」

「あれ、世界樹なんですか」

だからあのリンゴの実には、魔力がたくさん含まれていたのだ。世界樹の実で、パイとジャムを作っていたのか。

「その一つだ。世界樹は魔素の多い場所でしか生息しないが、この樹海は魔素が特に濃い地帯らしい。魔石の鉱脈もあるしな。おかげで挿し木をしても良く育つ。下宿屋の庭にも、一本植えておいてよかった。城が土に埋まっても、リンゴは食べ放題だ」

「……お城が地中に沈んだのは、勇者と戦ったせいですよね」

伊折は慎重に尋ねた。ナタンが少しでも話したくなさそうな素振りを見せたら、すぐに話題を変えようと思っていた。

しかしナタンは、ゆっくりアップルパイを飲み込み、静かにうなずく。

「そうだ。キップール王国の軍事力は、魔界にとっては虫の羽音くらいのものだが、勇者の力はすさまじかった。彼一人の力で、魔王軍は壊滅状態に陥った」

ナタンは城跡に目をやる。その瞳には怒りや憎しみは見えなかった。あるのはただ、悲しみの色だけだ。

「魔界はちょうど、代替わりしたばかりでな。若い魔王だった。魔族の王は、多くの魔力と王の資質を持った魔族の中から選ばれる。様々な教育と試験を潜り抜けて。つまり、頭でっかちで人生経験の少ない青二才だったというわけだ。これが先代の王だったら、勇者との戦いの結果は、違ったものになったかもしれない」

悲しみの表情が、自嘲に変わる。伊折はそれを見て確信した。以前から薄々、そうかもしれないと思っていたが。

「ナタン様が、魔界の王様だったんですね。それで、ヴィンセントさんが勇者で」

つぶやくと、魔王は微笑みを浮かべて静かにうなずいた。

ヴィンセントも、異世界召喚装置で召喚された。それを聞いてもすぐ、魔族を滅ぼした勇者だと断定できなかったのは、ナタンと彼があまりにも仲が良かったからだ。

互いに憎まれ口を叩きながらも、相手を尊重している。昔からの友人のようで、とても命のやり取りをした敵同士には見えなかった。

「ヴィンセントはキップール国王と王宮魔術師長に、嘘の情報を教えられたんだ。すなわち、魔族は人間を食らう残虐な生き物で、キップール王国は魔族に存亡を脅かされているとな。実際は、キップールが魔石の鉱脈を奪いたかったからだ」

「……ひどい」

事実は真逆だったのだ。侵略者はキップール王国だったのだ。魔界は少ない人口で、周辺国とわずかに交易を行いながら、平和に暮らしていた。

「ヴィンセントも、元は血の気の多い傭兵だ。おまけに正義感が強くて単純だ。キップール王国に嘘を吹き込まれ、残虐な魔族を倒すためにここまで一人で乗り込んできた。魔力の制御も何もない力業で我々を倒そうとしたのだ。当然、我々も応戦した。どちらも魔力をありったけ注いでな。両者の力は互角で、私とヴィンセントの魔力が互いに尽きかけても、決着はつかなかった」

魔力を使った戦いがどういうものか、伊折には想像もつかない。だが壮絶な戦いだったようだ。

「魔界城には、もしものための装置が備わっている。もしも……つまり、魔王と魔王軍をもってしてもかなわない相手に遭遇した時の……我々の魔力が果てた際の最終手段が」

「それって、自……」

自爆装置、と口にしかけて、伊折は言葉を飲み込んだ。ナタンがまた穏やかにうなずくから、息が詰まりそうになる。

「そんな。ひどい」

「そうだな。私にもっと魔力があったなら。あるいは脳筋勇者に力で応えず、もっと別の手段で戦っていれば、魔力が尽きることもなかっただろう。装置は、私の体内の魔力が尽きかけた時、自動的に発動するようになっていたんだ」

そして城は地中に埋まったと、ナタンは淡々と語った。

「魔族では私と、私の親衛隊である四天王だけが残った。その四天王たちも魔力を失い、あのような姿になってしまったが」

ヴィンセントが、出会った時の四つ子たちは、ガチムチマッチョだったと言っていた。

「あの子たちは、本当は大人なんですね」

「実際の年齢はヴィンセントより上だ」

これには伊折も驚いて、それまでの感傷的な気分が引っ込んでしまった。

「えっ」

「確か、魔界が地中に沈む数年前に六十六歳の祝いをしたから……もう八十歳くらいかな。魔界では、六という数字が縁起がいいんだ」

思っていた以上に年上だった。それはもう、おじいちゃんではないだろうか。

「へえ、縁起が……。あの、ちなみに、ナタン様はおいくつなんでしょうか」

「私か？　私は今年で……三十三歳になる」

「お若いですね」

つい、心の声が漏れてしまった。魔族だから、外見より年上だろうなと思っていたら、見かけ通りだった。

いや、それより若いかもしれない。実年齢よりちょっと老けて見える。眉間に皺を寄せているせいだろう。

「先ほど魔力の多い生物は長寿だと言ったが、あれは身体にある魔力の器の大きさに起因する。器の大きな者は寿命が長く、ある一定の年齢まで来ると、それ以上はほとんど老化しない。だからヴィンセントも、もう五十手前なのに三十代の外見のままだろう」

「えっ、ヴィンセントさん、アラフィフなんですか」

「ああ。この世界に来た十二年前に三十五歳だったと言うからな。今年で四十七歳だ」

最初の自己紹介の、「三十五歳だった」というのは、そういう意味だったのか。ようやく理解した。

「成人したとはいえ、私は魔族の中ではまだひよっこの年齢だ。しかも、豊富な魔力量を見込まれ、生まれた時から次代の魔王となるべく英才教育を受けてきた。裏を返せば経験不足だったのだ。先代の魔王様があと数年、長生きしてくださっていたら……などと思うのは、私の傲慢だが」

ナタンの表情が、また悲しみに翳る。彼は、魔界が滅びたのは自分のせいだと思っているのだ。仲間たちを死なせたことも。

「悪いのはキップール王国で、ナタン様のせいじゃないです」

伊折が言うと、ナタンはふわりと微笑んだ。その表情が美しく優しくて、ドキッとした。

けれどナタンは儚げな微笑みをたたえたまま、すぐに城跡へ視線を向けたので、伊折の胸のときめきも霧散する。

「私のせいだ。それに、過程はどうあれ結果の責任を取るのが、上に立つ者の役目だ。だから四つ子たちを育てている。彼らが再び、むくつけき男たちに戻るまで」

「むく……あの子たちは、どれくらいで戻るんですか？」

あんなにコロコロした可愛い子供たちが、ガチムチマッチョになるのが想像できない。

興味を覚えて尋ねると、さあな、と、ナタンは遠い目になった。

「普通の子供の状態とは違う。魔力が枯渇したがゆえの、あの状態だからな。彼らの膨大な器に魔力が満ちれば、大人の姿に戻れる」

この世の生き物は、自分の体内で魔力を生成している。しかし、一日に生成できる量は限られていて、四つ子たちのように大きな魔力の器を持つ場合、それを満たすまでにどれくらいの時間がかかるのかわからないとのことだった。

「庭のリンゴなど、魔力を含んだ食べ物を食べさせて補助にしているが、それも限度がある」

ナタンが子供たちに、リンゴを食べさせたがる理由がわかった。

魔石も魔力が豊富だが、石は食べられない。魔力の補助食品として、世界樹のリンゴの実を頼みにするしかないのだった。

「お前のおかげで、私も子供たちも、美味しくリンゴを食べられるようになった。感謝している。私も一歩間違えれば、あの子たちのように退行していた。今も圧倒的に魔力が足りていない。簡単な魔法しか使えない状態だ。だから、リンゴジャムやパイはありがたい」

「そう言ってもらえると、俺も嬉しいです」

伊折は照れ臭くて、下を向いた。ナタンがクスッと笑う。

サンドイッチもパイも食べ終わっていた。ナタンが「そろそろ帰るか」と、立ち上がる。

「あの、俺もまた、ここに来ていいですか」

伊折も立ち上がりながら尋ねた。ここは悲しい記憶がある土地だけれど、景色は美しかった。それに、ナタンが仲間の安息を祈るように、伊折も祈りに訪れたい。

「もちろん、構わない。同胞たちも喜ぶだろう」

すぐさまそんな答えが返ってきたので、ホッとする。よかった、とつぶやくと、ナタンは小さく喉の奥で笑う。

「お前がよければ、また一緒に来てくれないか。ここで昼食を食べるのは、思いのほか気持ちがいい」

「はい、ぜひ。ここは本当に、気持ちのいい場所ですね」

ナタンはそうだろう、というようにうなずき、城跡に視線をやる。

「ここはのんびりしているからな。時々……同胞たちと一緒に眠ってしまいたくなる」

目を細め、遠くを見ながらつぶやくから、伊折は思わず息を呑んだ。

「え、そ、それはだめです」

死んだ仲間と一緒になんて。どういう思いで、ナタンはそんなことを言ったのだろう。

「だめですよ、そんなこと言っちゃ。死んでいった人たちが悲しみます」

伊折が急に怒ったように言うから、ナタンも驚いている。

「死んでいった人？」

「このお城の下にいる魔族の人たちのことです」

ナタンの表情が戸惑いに変わった。

「……死んで、ないが？」

「え？」

「誰も死んでない。眠っているだけ、だが？」

「…………」

爽やかな風が通りすぎる。遠くで小鳥のさえずりが聞こえた。

眠っている、というのは、比喩でも何でもなかった。本当に眠っていたのである。

ナタンが言っていた、「自動的に発動する装置」とは、自爆や自滅の装置ではなく、自動防衛装置だという。

「外敵から国民全員を守るため、城が地中に沈むようになっているんだ」

コールドスリープ装置のようなものが、魔界城には備わっているらしい。

城を平時のまま維持できない事態に陥った時、国の決まり事として、国民は皆、このコールドスリープ装置で城ごと眠りにつくのだそうだ。

「魔界は中立国家だからな。原則的に国民は皆、非戦闘員であり、国も自己防衛の装備しか持っていない。魔王軍と銘打っているが、実際の軍備は魔王である私と四天王の魔力だけだ」

膨大な魔力を持つ魔王と四天王だけは、その魔力をもって戦うことができる。歩く兵器とでも言うべきか。

その魔王の魔力が枯渇した時は、魔界が他国からの攻撃に耐えきれなくなった時だ。そのタイミングで魔界城の自動防衛装置が起動し、地中に沈む。

城を元の状態に戻して魔族全員を眠りから戻すには、膨大な魔力が必要となるらしい。

「魔族たちは眠っている間も、生命の活動を続けている。魔力を生成し、また魔界城が自然界からの魔素を蓄え続けていけば、自然と魔力は溜まる。ただし、時間はかかるがな」

外界からの脅威をやり過ごすために、あえて時間のかかるシステムにしているそうだが、すでに勇者という脅威は去っている。

ナタンからすれば、早く仲間を復活させたいところだ。それで、少しでも魔力の足しにするためにと、せっせと庭のリンゴを運び、城跡にばら撒いていたのだそうだ。

「復活に必要な魔力の総量からすると、微々たるものだ。ほんの気休めだが」

ナタンはそう説明した後、「すまなかったな」と謝って、伊折の頭を撫でた。

「私の説明不足だった。いらぬ心配をさせてしまった」

「い、いいえ。俺のほうこそ、早とちりをしてしまって」

ナタンが儚いことを言っていると、勘違いしてしまった。恥ずかしい。

「皆さん、ご存命で良かったです。復活にはどのくらい、時間がかかるんですか」

恥ずかしさから逃げるために、何気なく尋ねたのだが、ナタンは「さて」と、遠くを見た。

「五十年か、百年か。私が死ぬまでには復活するだろうが……」

自動防衛装置が発動したのは、魔界建国以来初めてのことで、ナタンにも確かなことは言えないのだそうだ。

「まだまだ先ですね」

復活までの年月は伊折が想像していた以上に長く、ふと、自分はその時きっと、生きてはいないのだろうなと思った。

「帰ろうか」

穏やかに促すナタンに、伊折はうなずいて立ち上がる。城跡を後にした。二人並んで帰路を歩く。

この先も下宿屋で、みんなと楽しく暮らしたい。

でも、伊折の生きる速度と、魔族のナタンたちの速度は違う。伊折がおじいちゃんになっても、ナタンはほとんど年を取らないままなのだ。

ちくん、と胸が痛んだ。続いて切ない気持ちが沸き上がった。悲しくて、もどかしくて、ナタンに抱きつきたくなる。

けれど、伊折は素知らぬふりをしてナタンと歩き続けた。

考えてもどうしようもないことなのだ。二人の生きる時間が違うのも。ナタンといつまでも一緒に生きていけないことを思って、胸が特別に苦しく切なくなるのも。

「俺、これからもいっぱい、リンゴジャムやアップルパイを作ります。リンゴ酵母のパンも。薄く切って干して、リンゴチップにするのもいいかもしれません。いつでもどこでも食べられますし」

悲しい顔をしていたら、ナタンに心配をかけてしまう。伊折は寂しさを振り払い、美味しい話をすることにした。

「ほう、干しリンゴか。なるほどな」

「それから、こないだ作った甘い蒸しパンに、リンゴを入れるっていうのもあって」

ナタンの頭から、角がにゅいっと出る。本人もすぐに気づいて引っ込めようとするので、思わず「引っ込めちゃうんですか」と言った。

「昔、ヴィンセントとユリが来た頃は、角を見るたび、ユリの顔が強張っていてな。それから十数年、角は隠すのが当たり前になっていた。人に見られていると思うと落ち着かなくてな」

「ナタン様の角、俺はかっこいいと思います。少なくとも俺の前では、慌てて引っ込める必要はないです」

伊折が食い気味に返すと、ナタンは「そうか」と、照れた顔をする。可愛い。

さっきとは違う意味で胸がキュンとして、伊折は邪念を振り払った。

別のことを考えよう、と自分に言い聞かせる。そこで、そういえば……と、ユリとヴィンセントのことを思い出した。

勇者のヴィンセントも魔族と同様、豊富な魔力を持ち、寿命も長いと教わった。

では、ユリは？　ユリはただの人間だ。二人も、生きる時間は異なるのではないだろうか。

「あの……」

二人について、ナタンに尋ねようとした。薄々気づいていたけれど、あの二人は……。

「――アッ」

その時だった。少し離れた場所から人の声が聞こえた気がして、伊折は立ち止まった。

「――っ」

やっぱり、人の声がする。伊折たちが歩く獣道から、少し外れた木々の奥からだった。

ナタンは気づかないようで、すたすたと歩いて行ってしまう。その間も時おり、木立の向こうから人の声が上がっていた。

「ナタン様。近くに人の声がします」

「気のせいではないか？　こんなところに人がいるはずもない」

前を歩くナタンに声をかけたのだが、返事は素っ気なかった。

「でも、聞こえるんです。今もほら」

耳を澄ますと、今度ははっきりと聞こえた。「あっ」とか「いやっ」という声はユリのそれに似ていた。

「ユリさんだ」

途切れ途切れのその喘ぎは、どこか苦しそうだ。怪我をしたのか、途中で気分が悪くなったのか。近くに凶暴な獣はいないと聞いたけれど、万が一ということがある。

「ナタン様。様子を見に行った方がいいんじゃないでしょうか」

声のする方へ向かおうとすると、慌てた様子のナタンに「待て」と引き留められた。

「ユリが森に出るなら、ヴィンセントも一緒だろう。心配ない」

「でも、なんだか苦しそうなんですよ。何か不測の事態が起こったのかもしれません」

ぐずぐずしていて、手遅れになったら。心配でたまらず、伊折は森の奥へと踏み出した。

「ま、待て待て。音を立てるな」

後ろから小声で注意され、伊折は素直に従った。この先に何があるかわからないから、用心しろと言うことかもしれない。

そうっと足音を忍ばせて、声のする方へ近づく。距離が狭まったのもあるが、声も次第に大きくなっていた。

「ああ、ヴィンス、ヴィンス。どうしよ……」

やはりユリの声だ。ヴィンセントに何か起こったのだ。

伊折は青ざめ、「ナタン様」と、後ろを振り返った。途端、泡を食ったナタンに「しっ」と、たしなめられる。

仕方なく、声を出さずにそろそろと進むしかなかった。

「だらしねえな、ユリ。さっきはあれほど威勢がよかったくせに」

ヴィンセントの声が聞こえた。言葉からしてどうやら無事らしく、心底ホッとした。

でもハアハアと息が上がっている。二人で筋トレでもしているのだろうか。

伊折は本気で、そんなことを考えていた。

「だって、しょうがないじゃん。……んっ……僕、勇者様みたいに体力ないし」

「だからこうやって、体力付けてやってんだろ。おらっ」

「あっ、あっ、またそういう……も、無理だってば」

二人とも元気そうだ。伊折は胸を撫でおろし、笑顔でナタンを振り返った。

「筋トレでしたね」

「しっ」

ナタンは相変わらず慌てていた。伊折が二人に声をかけようと、さらに近づこうとするのを、必死で止める。

「も、もういいだろう。帰ろう」

伊折の肩を抱いて強引に帰ろうとするから、ドキドキしてしまった。

その間にもユリとヴィンセントの筋トレは、どんどん激しさを増していく。

「へばってんじゃねえぞ」

「あんっ、だめ、これ、この体勢……深……いやっ」

パン、と打ち付ける音がして、ユリの悲鳴が上がった。甘い悲鳴だった。

「嫌じゃなくて、好き、だろ？　この体位好きだよな。丸見えだぜ」

「バカッ。あっ、あん、あっ」

「あー、すげえ締まる」

「やっ、そんなにしたら……イク、イッちゃう」

「イケよ。ほら、イッちまえ」

「あっ、あんっ」

筋トレではなかった。

理解するのと同時に、全身に冷や汗が流れた。

「イオリ、帰ろう」

硬直する伊折に、ナタンは小声で囁き、ポンポンと肩を叩く。

狼狽のあまり頭が真っ白になり、伊折はそれからどうやって下宿屋に帰ったのか、ろくに覚えていない。

その日の夕食は、とても気まずいものになった。

なぜかと言えば、伊折たちが濡れ場を目撃したことを、当のユリとヴィンセントにも知られてしまったからである。

伊折とナタンはあの時、そっと立ち去ったつもりだった。しかしどうやら焦るあまり、草むらを無造作に掻き分けたりと、物音を立てていたらしい。

「あーその、なんだ。変なもの見せちまって、悪かったな」

気まずそうに謝られて、こちらも気まずくなった。

夕食時は大人四人、終始ぎこちなく、子供たちがいなかったら伊折は食事が喉を通らなかったかもしれない。

そんな落ち着かない食事を終えると、伊折はぐったりしてしまった。

食事係は後片付け当番を免除されているので、一足先にシャワーを借りる。さっぱりして居間に戻ったが、そこには誰もいなかった。

毎日、夕飯の後は大抵、誰かしら居間でくつろいでいるものだ。

みんなでおしゃべりをしたり、一人で本を読んだり、かと思えば、全員でゲームに興じることもあった。

しかし今日はさすがに、大人たちも気まずいのだろう。子供たちもロフトに上がってしまい、そこで遊んでいるようだ。

寝るには早い時間だ。何をして過ごそうか迷っていると、後片付け当番を終えたナタンが台所から出てきた。

「あっ、お疲れ様です」

伊折は妙にオタオタしながら言った。ヴィンセントやユリに対しても気まずいが、一緒に濡れ場を見てしまったナタンに対しても、妙に気恥ずかしい気持ちでそわそわしてしまう。

ナタンも伊折の挙動に影響されたのか、ビクッと肩を揺らした。

「あ、うん」

居間の入り口で立ち止まり、そわそわと視線をさまよわせる。それでいて、伊折のほうは見ない。

「みんな、自室に戻ったのか」

「ええ。そうみたいです」

シャワーを浴びて戻ったら、もう誰もいなかったと告げた。ナタンは「そうか」とうなずいてまた、そわそわする。

「お前は、読書か？」

「えっと、どうしようかなと。寝るにはまだ早いので」

「そうだな」

沈黙が落ちる。伊折も落ち着かなかった。ナタンは何か言いたげだが、何を言いたいのかわからない。言いにくいことなのだろう。

　場所を変えるよう提案したほうがいいだろうか。そんなことを考えていたら、ナタンがようやく口を開いた。

「イオリ。その……お茶を飲もうと思うのだが……もし迷惑でなければ、お茶の淹れ方を教えてもらえないだろうか」

「もちろん、いいですよ」

　そういうことなら、大歓迎だ。答えると、ナタンもホッとした顔をした。二人で台所へ行く。

　お湯を沸かし、ティーセットを出して、茶葉の量と淹れ方の簡単なコツを伝授した。

「見てるぶんには、簡単そうなんだがな。今まで、茶の本を見ながら淹れても、一度として成功したことはない」

　ナタンはなぜか胸を張ってそう言いながら、危なっかしい手つきでお茶を淹れた。

　どうも、おっかなびっくりやるせいで、かえって無用な失敗をしてしまうようだ。お湯をこぼしそうになったり、茶壷をひっくり返しそうになったり、ヒヤッとする場面もあったが、ナタンはどうにか無事にお茶を淹れることができた。

「イオリ、一緒に飲まないか。お前のお茶のように美味くないかもしれんが」

　そわそわしながら誘ってくれるので、嬉しかった。お茶淹れに格闘したせいか、気まずさは薄れていた。

　ティーカップを持って、食堂へ移動する。広い長テーブルの、端の方に二人で座りながら、今度、何かお茶請けを作ろうと考えた。

「美味しい。ナタン様の淹れたお茶、美味しいです」

手つきは危なっかしかったが、ちゃんと丁寧に淹れたから、ナタンのお茶はお世辞ではなく美味しかった。

ナタンは一口飲んで、「まあまあだな」と謙遜する。でもどこか嬉しそうだ。

「実はお茶は口実で、お前と話がしたかったんだ」

しばらくお茶の批評をし合ってから、ナタンがぽつりと言った。伊折は「えっ、俺ですか」と、いちいち驚いてしまう。

ナタンがまたそれに影響を受けて、そわそわと挙動不審になった。

「そ、そうだ。いや、お茶も飲みたかったんだが。その……ヴィンセントとユリのことで」

語尾がちょっと小さくなる。昼間の濡れ場のことだ。伊折は忘れかけていた気まずさを思い出し、にわかに緊張した。

「もっと早くに、二人の関係を説明しておけばよかった。いきなり……あ、あんな場面を見せられて。びっくりしただろう」

「あ、はは……確かにびっくりしましたね。ナタン様に止められた時、素直に聞いておけばよかったです」

思えば、ナタンは気づいていたのだ。

「お二人は恋人、なんですよね」

恐る恐る尋ねると、ナタンも伊折の表情を見ながら、ぎこちなくうなずく。

「ああ。二人の許可を得たので、そのことも話しておこうと思ってな。ヴィンセントは異世界から召喚されたキップール王国の勇者で、ユリは召喚に関わった王宮魔術師だ。そこまでは聞いているな」

「はい。下宿屋で目を覚ました初日に、謝られました」

ユリのことは気にしていない、という意味を込めて返した。キップール王国のことは許せないが、ユリ個人に恨みはない。

「キップールでは、二人もお尋ね者なんですよね」

何か、体制側の意にそぐわぬことをして、国を追われたのだ。

「そうだ。いや、二人とも公式には、死んだことになっている。そのことを話そうと思っていたのだ」

ナタンはお茶を一口飲むと、大きく深呼吸した。動揺を消し、遠くを見つめる。

「キップールに召喚され捨てられたお前に、いつ打ち明けようかと考えあぐねていた。ユリは、私の判断に任せると言った。彼は、自分には何も意見を言う資格はないと思っているようだ。すべての罪は自分にあるのだと」

伊折はユリの、はんなりとした笑顔を思い出す。

いつも優しいお兄さんで、ヴィンセントに対する時だけ、ちょっぴり気が強くなる。ヴィンセントには、言いたいことを言えるようだ。恋人同士、それだけ仲がいいのだろう。

「ユリは確かに王宮魔術師だ。キップールの王宮魔術師というのは、魔法の素養のある者がなるという。あの国で魔石なしで魔法を使えるのは王族と、王族の血統を持つ一部の貴族だけなのだそうだ」

キップールの牢屋でも、似たような話を聞いた気がする。

「ユリは、魔族の私から見ても優秀な魔術師だ。何しろ、『呪いの貯蔵庫』を作るより難しいと言われる、異世界召喚装置を完成させたのだから」

ユリは単に、召喚に関わったのではない。召喚装置を作った本人だったのだ。

ナタンの言葉を聞いて、伊折は何かの感情を覚えるより先に、キップール王国の牢番から聞いた話を思い出していた。

「装置を作ったのは、キップール王国の王子様だって聞きました。でもその王子様は死んでしまったから、誰にも止め方がわからないって」

ナタンが静かにうなずく。ユリは、キップール王国の王子だったのだ。

ユリ・キップールは、前国王の第三王子だったそうだ。

「そして、現国王の異母弟でもある」

ナタンが話してくれるのを、伊折は黙って聞いていた。

ユリの素性を知り、それはそれで衝撃を受けたが、やっぱり彼に対して、個人的な恨みの感情は湧かない。

ただ、これを下宿屋に来た当初に聞かされていたら、どうだっただろう。

いきなり異世界に連れて来られ、失敗だったと捨てられた。しかももう、二度と元の世界には戻れない。これからどうなるかもわからない。

そんな状態で、すべての元凶を作った本人だと聞かされたら、やっぱり何がしか屈託を覚えたかもしれない。

今日まで黙っていた、ナタンの判断は正しいと思える。

「ユリさんは、騙されて異世界召喚に加担させられたって、ヴィンセントさんは言ってました。キップールでは情報統制が行われていたみたいですし。本人は気づかずに兵器を作らされていたってところでしょうか」

伊折が言うと、ナタンはうなずき、わずかに唇の端を引き上げた。

「その通りだ。キップールに恨みはあるが、誰もかれもが同じ人格ではない。私もヴィンセントも、ユリを責める気持ちはないんだ。そもそも召喚装置の原型は、彼が開発したものではないしな」

異世界とこの世界を繋げるという発想は、うんと昔からあって、魔術師の世界でも研究が重ねられていた。

「異なる世界を通過した者は、体内の魔力の器が大きく成長するという理論に基づいたものだ」

ただの人間も、異世界と異世界を移動すれば、魔力の器が成長して膨大な魔力を扱えるようになる。

その理論から、魔族に匹敵する魔力を持つ人間を召喚しようと考えたのが、キップール王国だった。

魔術師たちによって研究が重ねられ、原型が作られたが、長らく完成はしなかった……という話は、ナタンも後にユリから聞いたそうだ。

魔界側は、キップールがそんな危険な装置を開発しているとは、夢にも思っていなかった。

「しかし、キップール王国の王宮魔術師の中に天才が現れ、装置を完成させた」

それがユリ・キップール王子だ。完成した当初、まだユリは十七歳の少年だったというから、驚きである。

ユリは王宮の魔術師たちから、魔界や魔族は恐ろしい悪だという教育を受けた。

魔族は残酷で、恐ろしい魔法で他の種族を操り、血肉を食むのだと。

キップール以外の周辺諸国は、すべて魔界に侵略され、キップールが魔界に征服されるのも時間の問題だと聞いていたそうだ。

実際の魔界は、樹海でこぢんまり生きる魔族の集まりだったし、周辺諸国も侵略されたことなどないというのは、ザファル王国からケルディが行商に来るのを見れば明白だ。

けれど、生まれてからほとんどを王宮で過ごしてきたユリには、そこで見聞きする話が世界のすべてだった。

キップールを守るため、魔界に侵略された他の国の人々を救うために、ユリは持てる才能のすべてを注いで召喚装置を完成させた。

召喚の儀は、ただちに行われた。しかし、当初は反対派もいたらしい。

前国王の第二子で、ユリの同母兄、エトガルもその一人だ。

「エトガル王子はユリに召喚装置の開発をやめさせたかったらしいが、ユリは聞く耳を持たなかった。ユリはなまじ魔術師の素養を買われていたために、幼い頃から王宮の魔術師たちによる教育を施されていた。兄の言うことを聞けばよかったと、悔やんでいた」

つまりユリは、王宮の魔術師たちから思想を刷り込まれていたわけだ。

それにしても、エトガルという名を、どこかで聞いた気がする。たぶん牢屋か、樹海に連れられて行く馬車で耳にしたのだ。何の話で出てきたのだったか。

一瞬、忘れていた記憶が浮かび上がったが、詳細は思い出せなかった。

「結局のところ、反対派の声は抑え込まれ、現国王と、恐らくは召喚装置で威信を示したい王宮魔術師たちが召喚を強行したようだ」

そして召喚装置は稼働を開始し、勇者が召喚された。

「それがヴィンセントだ。元の世界では傭兵で、戦場から戦場を渡り歩いていたそうだ。彼もキップール王国側の話を信じたらしい。まあ、当然だな。召喚された時点で、他に情報がないのだから」

攻め入られた側なのに、ナタンは冷静で客観的である。

「それでヴィンセントさんは、キップールを守るために、魔界に攻め込んだんですね」

「それもある。が、勇者として立ち上がった理由の半分は、召喚先で特別に仲良くなった王子のためだろうな。仲良くなったというか……」

「恋に落ちた、とか」

ナタンが状況にふさわしい上品な言葉を探しているようだったので、伊折は言葉を添えた。

「そう、それだ」

ナタンもうなずく。言いにくそうにしていたから、もしかしたら、ヴィンセントあたりから話を聞いた時には、もっとあけすけな表現だったのかもしれない。

「ユリが召喚の責任者として、召喚されたヴィンセントの世話をしたそうだが、そうするうちに、特別な関係になったそうだ。ヴィンセントは王子のために戦いに赴いた」

魔界とキップール王国とは、軍備に圧倒的な差があり、王国軍は足手まといだということで、最初から勇者一人で魔界に行かされたらしい。それもひどい話だ。

そしてヴィンセントは魔界に攻め込む中で、どうもキップールの言い分と実態が違うらしいことに気がついた。

四天王と共に勇者と対峙したナタンも、どうやらヴィンセントは利用されているだけらしいとわかったが、一度始められた戦いは止まらなかった。

両者の力は拮抗し、ナタンと四天王は魔力が枯渇する寸前まで追い詰められる。そしてヴィンセントは、ナタンが放った攻撃で瀕死に陥った。

キップール王国の情報を得るため、治癒魔法でヴィンセントを助けたけれど、それで魔力は欠乏してしまったらしい。自動防衛装置が発動した。

「それで、回復したヴィンセントと話をしたんだ。向こうももう、戦う魔力は残っていなかったのでな」

二人で情報をすり合わせ、ヴィンセント自身もキップールに利用されていたことに気が付いた。

魔界は眠りについたが、魔王と四天王は生き残った。勇者は魔力が枯渇して、自然に回復するまで、戦力的には普通の人間と変わらない。

こんな状態でヴィンセントがキップールに戻ったら、どんな扱いを受けるか。

「それでとりあえず、ヴィンセントをかくまうことにした。ちょうど私と子供たちも、この下宿屋に居を構えることにしたのでな。ここは元々、『魔界民休暇村』と言って、魔界の公共施設の一つだったのだ」

魔界にも、国民の休養を目的とした保養施設がいくつかあったらしい。この下宿屋もそのうちの一つで、自動防衛装置には組み込まれていなかった。

この保養施設が魔界城に一番近く、様子を見るのに便利なので、当面の住居としたらしい。

「魔界城が地上から消えたことは確認されたので、キップール王国では、勇者は魔王と相討ちとなって死んだ、ということになったようだ」

「俺も、そう聞かされました。それで、召喚装置は不要になったと」

「ユリは恋人が戦死したと聞かされ、せめて遺体だけでも捜したいと樹海へ行くことを希望したが、認められなかった」

キップールはもはや、死んだ勇者など眼中になかった。魔界を滅ぼしたこと、魔界の所有だった魔石の鉱脈を手に入れたことで浮かれていた。

「ユリは失望し、また国王や王宮魔術師に不信感を募らせた。そして、たった一人で樹海に分け入った」

恋人の遺体を捜すために。まだ十七歳の少年だったユリの心情を思い、伊折は目が潤んだ。

しかし、ユリは当時十七歳だったが、ヴィンセントは三十五歳である。

これが元の世界だったら、男子高生とおじさんで通報案件だった。異世界でよかった。

「あとは、お前の時と同じだ。樹海で彷徨っているところを、四つ子たちに発見された」

ナタンと四つ子に保護されたユリは、下宿屋でヴィンセントと再会した。

最初のうちはナタンに怯え、ヴィンセントの話を半信半疑で聞いていたユリも、やがてこちらが真実でキップールの言い分が嘘だと信じるようになった。

「それでお二人は、ここで暮らすことになったんですね」

お尋ね者と言っていたが、実際には死んだとみなされている。ただ、生きているとわかり、しかも魔王たちと仲良く暮らしていたと知られたら、ただではすまないだろう。

「これが、下宿屋が始まった顚末だ。二人が恋人同士だということは、四つ子たちも知っている。ただお前には、どこまで話したものか迷っていた」

伊折はもう一度、気にしていないという意思を表明しようとした。すべての真相を聞かされても、ユリ個人を恨む気にはなれない。きっと、ここでの生活が安らかで楽しいものだからだ。

「ぜんぶ教えてもらえて、よかったです」

そう言ったのだが、ナタンは少し安堵したものの、まだそわそわしている。

こういう場合、何か別に話したいことがあるのだろう。だんだんとナタンのパターンがわかってきた。

「ナタン様。他に何か、心配なことがあるんですか」

この際だから、気がかりなことは打ち明けてほしい。伊折が窺い見ると、ナタンはぐっと息を詰め、迷うように視線を彷徨わせてから、伊折を見つめ直した。

「私が言うことではないが、いちおうあいつらも店子だし、今はまあ友人みたいなものだ。だからその、彼らの人柄は保証する。二人は男同士だが、同性だからといって誰彼構わず誘うような真似はしないから、安心してほしい」

ナタンが言わんとしていることを理解して、伊折は軽く目を瞠った。

「ナタン様は、二人が男同士ってことを、気にかけてらっしゃるんですか」

「私は気にしていないが、人族の多くは異性愛を信仰しているのだろう。ユリの話では、キップールでは同性愛は受け入れられていなかったと言うし、ヴィンセントがいた世界でも、男だらけの戦場以外では同性愛に厳しかったと言っていた。様々な国を渡り歩いたが、同性だけを愛する人種は忌避されるのだと」

だから、ユリとヴィンセントが恋人同士だと聞いて、伊折が二人を嫌悪するのではと、ナタンは心配しているのだ。

伊折は何度かまばたきして、「人族以外は違うんですか」と聞いてみた。

「たとえば、魔界の方々は」

尋ねる時、少し前のめりになってしまったかもしれない。ナタンも伊折につられたように、何度かまばたきを繰り返した。

「人族以外の国は、あまり同性か異性かは気にしていないようだ。魔族は、そもそも生殖にこだわらないから、同性愛とか異性愛とかいう括りがない。もちろん、生殖も可能だが」

性愛や生殖行為といった、センシティブなことを話し慣れていないのか、ナタンの口調はぎこちなくなる。

そんな彼が、ぎくしゃくしながら教えてくれたところによると、魔族は世界樹の根元にできた卵から生まれるが、成長すれば他の種族と同様、生殖行為も可能なのだそうだ。

他種族との交配も、数は少ないがあるという。ただ、魔界における人口の増減問題は、放っておいても世界樹が勝手に調整してくれるし、そもそも魔族は寿命が長い。生殖にこだわらないというのは、そういう理由からだった。

「だから魔族がその……そういう行為をするのは、子供を作る目的ではなくて、恋人同士が快楽を引き出し合って、愛情を高めるのが主だ。まあ、私はそういう行為はしたことがないので、聞いた知識に過ぎないのだが」

「経験がないんですか。まったく？」

思わず食いついてからすぐ、今のはあまりに不躾だったなと後悔した。謝ろうと思ったが、ナタンはふいっと恥じ入るようにそっぽを向いてしまう。

「悪かったな。そうだ。恋愛も性行為も経験がない。この年でと、ヴィンセントにもからかわれたが、先ほど言ったとおり、魔族は寿命が長いのだ。私は魔王としての教育を受けていて忙しかったし」

ブツブツと怒ったように言うので、伊折は「すみません」と慌てて謝った。

「からかったんじゃありません。俺も経験がないので、仲間かなって思って」

半分本当で、半分嘘だ。未経験仲間がいて嬉しいのは確かだが、何より気になっていたのは、ナタンの性指向や、彼に恋人がいたかどうかだった。

どうして気になるのか、恋人がいるかいないか知ってどうするのかは、あえて考えないようにしていたけれど、とにかく気になるものは気になる。

「そ、そうか。仲間か」

伊折の言葉を聞いて、ナタンはハッとこちらを振り返った。

「別に経験のあるなしを気にしていたわけではないがな。ユリとヴィンセントがあんな調子だから、ちょっと肩身が狭かったんだ」

先ほどとは打って変わって、嬉しそうにしている。伊折も恋人いない歴が年の数なので、彼の感覚は理解できた。周りにみんな恋人がいて楽しそうにしていると、誰とも付き合ったことのない自分は話の輪に入れず、肩身が狭いのだ。

ホッとして嬉しそうにしているナタンも可愛くて、伊折は思わずニコニコしてしまった。ナタンも、口元を引き上げてニマニマしている。

「あと俺も、ユリさんやヴィンセントさんと同じで、同性の人しか好きになれないです。元の世界は、お二人のいた場所ほどではありませんが、やっぱり異性愛が主流でした。だから、この人たちがこだわらないって聞いて、ホッとしました」

伊折は自分の指向を告白したが、ナタンはもちろん、嫌悪を示したりしなかった。それどころか、どこかホッとした顔さえしていた。

「そ、そうか。なら、問題ないな。私も別に、相手の性別にこだわりはない」

「よかった。安心しました。ナタン様に嫌われたらやだなって、思ってたから」

ナタンなら、考え方の違いや性指向で相手を軽蔑したりしないだろうが、生理的に受け付けない場合もある。

今日、ナタンの考えを知れてよかった。

伊折が微笑むと、ナタンは目を見開いて身じろぎした。

「そんな心配をしていたのか。それくらいでお前を嫌ったりしない。お前に嫌われるならともかく、私がお前を嫌うことなどないから、安心しろ」

ぶっきらぼうな物言いに、胸がじんと熱くなった。誰かに嫌われることを恐れていた伊折にとって、ナタンの……好きな人からのこの言葉は、何より嬉しい。

「俺だって、ナタン様のことを嫌いになったりしません。絶対に」

だから伊折も、語気を強めて言い返した。

「こんなに優しくて、種族や過去の因縁にかかわらず受け入れてくれる人のことを、嫌いになるはずありません。俺はナタン様のことが好きです」

最後の言葉に、ナタンが大きく目を見開いたので、伊折は慌てて付け加えた。

「あっ、あの、変な意味じゃなくて。尊敬するって意味でです」

変な意味ってなんだ。自分で言って、内心で突っ込んだ。

ナタンを尊敬している。それは嘘ではない。でも、本当はそれだけではない。とっくに自覚していたけれど、ここで馬鹿正直に告白する勇気は伊折にはない。

「……ああ。尊敬、だな。うん。ありがとう」

伊折が勢い込んだせいか、ナタンも落ち着かない様子でうなずいた。「尊敬」という単語を何度か、確かめるように口の中でつぶやいて、何かに気づいたように顔を上げる。

「私も、その、お前を好ましく思っている。私はずっと魔界の王室で育って世間知らずだが、お前のその、素直でまっすぐで優しさを失っていない。つらいことがあったのに、素直でまっすぐで優しさを失っていない。

ないしなやかさと健やかさが、希有なものだということはわかる」

思いがけない言葉に伊折は驚き、胸が熱くなった。家族には、一度も褒められたことがなかった。自分でもいいところなんて一つもないと思っていたのに、ナタンはこうやって、思いもよらない部分を褒めてくれる。

やっぱりナタンは優しい。そしてそんな魔王が大好きだ。

「ありがとう、ございます」

溢れる想いを感謝に変えて微笑むと、ナタンは照れたようにふいっとそっぽを向いた。

「うん。いや、こちらこそ……」

一見ツンとしていて、でもデレの多いところも好きだ。

長い沈黙が落ちたけれど、伊折はそれを気まずいとは思わなかった。そわそわしながら、二人で下を向いたり、ちらちらお互いを見ていた。

伊折としては、いい雰囲気だな、とさえ思っていたのだが。

「――思春期かよ」

「しっ」

ボソボソと話し声が、食堂の入り口から聞こえた。

「もう今日はさあ。これ以上は進展しないんじゃねえの」

「声が大きいったら」

伊折とナタンは思わず顔を見合わせ、同時に入り口を振り返る。閉めたはずのドアが薄っすら開いていて、その隙間からヴィンセントとユリがこちらを覗いていた。

「お前たち。そこで何をしてる」

ナタンは低く唸るような声を上げた。眉間に皺が寄っている。

「ほら、ヴィンスのバカ。見つかっちゃったじゃん」

「悪い悪い」

ヴィンセントが、ちっとも悪いと思っていない顔でドアを開けた。ユリも「ごめんね」と、謝るものの、口調は軽い。ナタンの表情が険しくなった。

「そんな顔するなって。俺たち、昼のこと謝ろうと思って、お前らを捜してたんだよ。そしたらさ、人気のないところでイチャイチャしてっから」

ヴィンセントがニヤニヤしながら言うのに、伊折は真っ赤になって焦り、ナタンも「イチャイチャなどしておらん！」と、声を荒らげた。

しかしヴィンセントは、ニタァ……と、さらにいやらしい笑いを浮かべる。

「お前、実はめちゃくちゃ焦ってるだろ。角、出てるぞ」

言われてナタンの頭を見ると、いつの間にか角が出ていた。ナタンが慌てて頭を押さえる。

「ぷくく。慌ててる、慌ててる」

「貴様。もう一度、腹に風穴を開けてやろうか……」

ヴィンセントはなおもナタンをからかい、ナタンは怒りのあまり洒落にならないことを言い出す。

先ほどナタンと二人きりだった時の、そわそわで甘々な空気はすっかり消えていた。

ユリとヴィンセントは、伊折のナタンへの気持ちに気づいているらしい。

食堂に乱入され、小学生みたいにからかわれた時は焦ったけれど、ナタンの怒りが半分本気だと気づいたのか、ヴィンセントはそれきりおかしなことは言ってこなかった。

でも、食堂から出る際、伊折にこっそり「邪魔してごめんな」などと囁いてきた。なんのことですか、と誤魔化したけど、あれは気づいている顔だった。

翌日になって、ユリが謝りに来た。

「昨日は、ヴィンスがごめんね」

午前中、台所で夜の仕込みをしている時だった。ユリが珍しく、昼前に起きてきてひょっこり顔を出したのだった。

今から夜ご飯の準備をしていると言うと、大いに驚かれた。

毎日のご飯は、余り物や作り置きを利用することもあるけれど、その時の気分次第で手の込んだ料理に挑戦することもある。その辺は自分の気のむくままにできるので楽しい。

物珍しげに料理の工程を見ていたユリは、やがて邪魔になるといけないと思ったのか、作業台の端にあった丸椅子に座った。

「無神経だったよね。でも、あれでも彼、ナタンと君に気を遣ってるんだよ」

伊折は思わず、「あれで？」と、口にしてしまった。どこら辺が気を遣っているのか、考えても思い当たる節がない。

「あ、すみません」

「いえいえ。でもそう、あれで」

そこでちょうど仕込みが終わったので、お湯を沸かしてお茶を淹れた。ユリが何か、言いたそうだったからだ。

以前、ナタンとしたように、伊折も丸椅子を持ってきて、ユリと二人でお茶を飲む。

「僕たちのこと、ナタンから聞いたよね。僕の出自のことも」

お茶を飲んで一息ついてから、ユリが話を切り出した。伊折がうなずくと、くしゃりと顔を歪める。

「ごめんなさい。謝っても、どうしようもないけど」

いつも明るいユリが身を縮めて謝るのを見て、ずっと、気にしていたんだなと思った。

「たぶん、この下宿屋の人たちの秘密はぜんぶ、聞いたと思います。キップール王国のことは、何とも思ってないとは言えないけど、ユリさんを恨む気持ちはありません。本当に、少しもないんです。ユリさんも被害者だって思う。もう気にしないでください、って言っても無理かもしれないけど。これからも一緒に暮らしたいです」

みんなで仲良く、楽しく。ユリは伊折を見つめ、その言葉をじっと聞いていたが、やがてまた顔をくしゃくしゃにして……そして笑った。

「ありがとう」

ちょっぴり目の端に涙が浮かんだのが恥ずかしいらしく、目を擦ってへへっと照れ笑いを浮かべる。

「でも俺、ユリさんとヴィンセントさんの関係は、話を聞く前から薄々、気づいてました」

湿っぽい空気を入れ替えるために、わざといたずらっぽく話題を振った。

「えっ、ほんと？　どのへんで気づいたの」

「具体的にどこというか……二人とも特に仲がいいですし。あと、寝室が同じだったり、その他、雰囲気でなんとなく」

伊折が答えると、ユリは「雰囲気かあ」と、つぶやいた。

「僕はさ、最初の頃はなるべく、君に気づかれないようにしようって思ってたんだ。僕の国では、男同士ってとんでもないって言われるから。君を嫌な気分にさせたくなかった。でも、ヴィンスは大丈夫大丈夫って、いつものあの調子で笑うんだよ。君もたぶん、僕たちと同じだからってさ」

つまり、伊折もゲイだろうということだ。伊折がどう答えていいのかわからずにいると、ユリは「不躾でごめんなさい」と、頭を下げた。

「僕はさっぱりわからないんだけど、ヴィンスは同類かどうか、見たらだいたいわかるって言うんだ。たぶんね、元の世界で遊びまくってたからだと思うんだけど。男も女もとっかえひっかえしてたみたいだから」

何だかわかる気がする。ナタンの美貌には及ばないが、ヴィンセントも顔はいい。ちょい悪っぽい雰囲気も、いかにもモテそうだ。

「遊び人だったんですね。でも、今はユリさん一筋なんだ」

伊折がつぶやくと、ユリは「やだなあ、そんな」と、恥ずかしくも嬉しそうに頬を染めた。

「まあ僕も、運命かなって思うけど。お互いに一目ぼれっていうか。最初はちょっと、向こうが強引だったけどね」

当時の二人の年齢を思い出し、急いで胸の奥にしまった。

ここは異世界、事案ではない……と、心の中で呪文を唱えていたら、ユリがこちらの顔を覗き込んできた。

「イオリは、ナタンが好きなんだよね」

「な、なんですか、急に。尊敬してますけど」

「尊敬かあ」

ユリは言って、昨日のヴィンセントみたいに、ニヤニヤする。伊折はじろっと横目でユリを睨んだ。

「そうですよ。ナタン様は優しいし思いやりがあるし、器が大きい人です」

「それは同感だな。僕のこともこうして受け入れてくれて、ああいう人が王に相応しいんだって思う」

「それにかっこいいし」

ユリがそこで、「え、そう？」と、意外そうに言うので、伊折は鼻息を荒くした。

「かっこいいですよ。ヴィンセントさんの百倍美形です」

「ああ、うん。顔はいいよね。かっこよさは、ヴィンスのほうが上だと思うけどなあ。でも本当に、君はナタンを好きなんだね」

今度はからかう口調ではなく、しみじみとした感慨と喜びが混ざっていた。

伊折は、観念してうなずく。

「でも、ナタン様には言わないでください。俺も言う気はないんで」

ユリは「そうなの？」と、意外そうに目を瞠った。

「イオリの気持ちを、ナタンは邪険にしないと思うけど」

「ナタン様は優しいから。でもだから、余計に困らせたくないんです」

伊折が告白したら、きっとナタンは真剣に考えてくれる。そして、伊折を傷つけまいと、たくさん悩むに違いない。

「断られる前提なんだ」

訝しむような声音だった。

「ナタン様のことだから、悩んだ末に、試しに付き合ってみようか、くらいのことは言うかもしれません」

「わあ、言いそう」

でしょ、と、伊折もうなずく。

「でも付き合ってみて、たとえ俺を恋人として見られなくても、ナタン様は『やっぱり無理』とは言わないと思うんですよね」

ずるずると付き合い続ける気がする。伊折のために。

「まだ知り合って数か月なのに、ナタンの性格をよく摑んでるねえ」

ユリはどこか面白がるように、感嘆してみせた。

「それだけ摑んでるのに……うーん、でもそうかあ」

独り言のように呟いた後、急に居住まいを正し、「わかりました」と言う。

「ナタンには、伊折の気持ちは漏らさないって、約束する。僕だって、決して恋愛の機微に長けてるわけじゃないからね。君のその恋を黙って見守りましょう。ヴィンスにも、余計なこと言ったりしたりするなって釘を刺しておく」

それを聞いて、伊折はホッとした。正直なところ、余計なことを言いそうなのは、ユリよりヴィンセントのほうなのだ。

「よろしくお願いします」

伊折が、くれぐれも、という気持ちを込めて言うと、ユリも神妙に応じた。それから「えへへ」と、急に表情を綻ばせる。

「やっぱり、イオリが下宿屋に来てくれてよかった。料理ができるってだけじゃなくて、こうやって恋バナができるんだもん。王宮では年の近い人がいなかったし、生まれて初めてかも。なんだか嬉しいな」

そう言われると、伊折も嬉しい。

「俺もです。俺は友達があまりいなくて、職場でも馴染めなかったから。誰かを本気で好きになるのも初めてなんです」

伊折が言うと、即座に「僕も初めてなんだ」と、返ってきた。

「嬉しいな。ヴィンスとはこういう、繊細な会話はできないからさ。細かいことにこだわらない性格で、僕と違って経験豊富だし」

なるほど、ユリは正真正銘、これが初めての恋で、ヴィンセントが初めての男だ。おまけに箱入りの王子様で、出会った当時は未成年だった。

しかしヴィンセントのほうは、海千山千の傭兵で、当時はすでに三十五歳、恋愛の酸いも甘いも嚙み分けた大人の男だった。おまけに大らかというか、がさつで軽薄だ。

「……それに、流れる時間もだいぶ違うしね」

不意に、ユリが肩を落としたので、伊折はハッとした。そうか、と思い出す。

ヴィンセントは勇者だ。魔王のナタンと同じくらい、大きな魔力の器を持っている。彼はもう普通の人間ではないのだった。

ユリは少年から、現在の青年に成長したけれど、ヴィンセントの外見は三十代半ばのままだ。遠からぬ将来、ユリの外見年齢がヴィンセントのそれを追い越すだろう。どうしたってユリが先に老いて、そして死ぬ。

「僕ね、時間を止める魔法の研究をしてるんだ」

ユリがぽつりと言った。

「呪いの貯蔵庫の応用で、生き物の時間を止められないかなって」

彼が研究に没頭していた理由が、ようやくわかった。

ヴィンセントと同じ時を生きられるように、ユリはずっと研究を続けてきたのだ。

「まあ純粋に、魔法が好きっていうのもあるんだけどね。この下宿屋に来て、魔界の魔道具について勉強してるうちに、もしかしたらって欲が出ちゃって」

「できそうなんですか？」

召喚装置を完成させたユリのことだ、何でもできそうな気もする。しかし、彼は悲しそうに微笑んでかぶりを振った。

「呪いの貯蔵庫は、再現できるようになったんだ。その他の魔界の魔道具も、いくつか。でもやっぱり、生き物は難しいね。魔界の技術でも不可能だったんだもの」

それでもユリは、諦めていないようだった。儚げな美貌の底に強い意志が見えて、伊折は感心した。

「応援してます。俺、何もできないけど」

ユリの問題は、伊折にとっても他人事ではなかった。

伊折は異世界に召喚されたにもかかわらず、魔力を持たない普通の人間だった。だから伊折もユリと同じように、ナタンよりずっと寿命が短い。

同じ時の流れで生きられないのが、とても切なく思えた。

「何もできなくないよ。イオリは美味しいご飯を作ってくれるじゃない。イオリのご飯のおかげで毎日、元気に研究ができるんだよ」

励ますつもりが、逆に励まされてしまった。ユリも優しい人だ。この下宿屋の人たちは、みんな温かい。

「じゃあ俺は、ご飯づくりを頑張ります。ユリさんがもっと元気になるように」

伊折はウジウジした気持ちを振り払って言った。ユリも明るく笑う。

「それは頼もしいね」

その笑顔を見て伊折は、自分ももっと強くなろうと思った。

異世界に来て、チートは何もないけれど、優しい仲間がいて、好きな人もできた。この奇跡みたいな出会いと人生を、もっと楽しみたい。

だからもう、小さなことではくよくよしない。以前いた世界のように、ここでは丸まって、他人から身を守る必要などないのだから。

今、自然とそんな気持ちになった。春の温もりで雪が解けるように、大地が芽吹くように、つらい人生で凍った伊折の心も、下宿屋に来て少しずつ解けていたのだった。


それからまた、数か月が経った。

樹海は気候が穏やかで、一年を通して寒暖の差が緩やかだが、いちおう四季もある。

それなりに暑い夏が過ぎ、樹海の木々が紅葉を始めた。四つ子たちが毎日、樹海に出かけてはどんぐりを大量に拾ってくる。

これから冬に入ると、樹海にも年に一度か二度、雪が降るのだという。

「樹海で暮らしているぶんには、夏も冬も特に生活の変化はないが、冬の間はケルディが配達に来られなくなる」

ナタンが言う。ケルディは数か月に一度、隣国のザファル王国から物資を運んできてくれる商人だ。

下宿屋とケルディ商会の間には、メールシステムのようなホットラインがあり、事前に必要なものを頼んでおけば、次の配達の時に持ってきてくれる。

そんなハイテクなソフトを持っていたが、ケルディの移動手段は川用の船だった。

小さな船に乗り、ケルディは毎回、一人で下宿屋とザファル王国とを往復する。

荷物はすべて、何でも入る鞄の中だ。数か月分の食料が入るくらいの大容量で、それでいて重量は鞄一つ分なのだという。だからケルディ一人でも持ち運べる。

下宿屋に着いてからの品出しと整理は、下宿屋のみんなでやる。伊折もここにきて数回やったが、鞄から次々に出てくる食料や日用品を見るのは、毎度ワクワクする。

「この辺、冬は乾季で雨が降らなくてな。川の水位も下がるんだよ。この近くは川底が特に浅いらしくて、水位が下がると船を出せなくなるんだ」

ナタンの言葉を引き継いで、ヴィンセントが説明してくれた。伊折はふんふん、とうなずく。

下宿屋のメンバーは本日、居間で車座になり、午後のお茶を飲みながら会議を開いていた。

議題は、冬支度についてである。

川の水位が下がる冬の間、配達が途絶えてしまう。春に航行が再開されるまでの間、物資が不足することのないように、今からケルディに注文する品を話し合っているのだった。

配達が途絶えると言っても、庭のリンゴは一年中、たわわに実っているし、地下の『呪いの貯蔵庫』には、向こう三年分くらいの食料が備蓄されている。

いざとなれば、ナタンの魔法で川を渡るくらいはできるし、間違っても飢えて死ぬようなことはない。

冬支度と言ってもそこまで大事ではないのだが、今年は伊折がメンバーに入って、オートミール以外のご飯が食べられるようになり、食生活が豊かになった。

家にこもりがちな冬を前にして、食料調達の話し合いにもみんな、自然と熱が込もるのだった。

「いつもの定期便の食材がひと冬分あれば、問題ないと思いますが」

「念のため、その倍、頼んでおこう。腐ることもないしな」

伊折とナタンが発言し、書記係のユリがそれを書き留める。

「砂糖と蜂蜜、あとバターなんかも多めがいいんじゃねえか？　ほら、今年は年越しパーティーも豪華にやるんだろ」

ヴィンセントが言って、ちらちらと期待するように伊折を見る。

そう、この下宿屋では毎年、年越しパーティーが行われるのだそうだ。各メンバーの出身地には、他にもそれぞれ年中行事があるらしいが、宗教も元の生活習慣もみんなバラバラである。年越しの宴だけは共通しているということで、変化の少ない下宿屋生活の重要な行事でもあった。

去年までは、ケルディが年越しパーティー用のご馳走を運んできた。それを年越しの時期まで、食いしん坊な四つ子たちが貯蔵庫に忍び込んでつまみ食いしないように、細心の注意を払って大事に管理していたそうである。

今年は、ご馳走の警備に神経を尖らせる必要もない。例年通り、パーティー用の手の込んだ料理をケルディに運んでもらう予定だが、伊折のほうでも何品か料理を作るつもりでいた。

「さとうと、はちみつ……」

「おかし？　ねえ、イオリはおかしつくるの？」

比較的大人しかった四つ子たちが、そこでざわざわし始めた。

「ぼくね、こないだ食べたほしたリンゴ、すき」

「クッキー、ぜったいクッキー！」

それならアップルパイだ、いやパウンドケーキは入れたほうがいいと、子供たちは騒ぐ。こらこら、とナタンがたしなめた。

「チビさんたち。何が出るかは当日のお楽しみ、っていうほうがいいんじゃない？」

ユリが提案して、四つ子たちもなるほど、と神妙な顔になった。子供たちが真剣に「ひみつね」と言うのに、伊折はクスッと笑ってしまう。

わいわいと話し合い、どうにか食材の調達はまとまった。

「あとは、チビたちの服だな」

ヴィンセントが思い出したように言って、ナタンを見る。ナタンも心得たようにうなずいて、手元にあった紙を大人たちの前に差し出した。

「そちらについては、すでにまとめてある。冬物の衣類に靴、それから外套などの防寒具が一式だ。冬の間はこれで大丈夫だと思うのだが、どうだろう」

言われて、伊折も書類を覗き込む。

子供たちの靴下に頻繁に穴が開いていることに大人たちが気づいたのは、つい最近のことだ。チビたち、ちょっと大きくなったんじゃないか、とヴィンセントが言って、ナタンがメジャーみたいなもので子供たちの身長や足のサイズを測ったところ、確かに大きくなっていた。服はたっぷりめだったし、夏の間は外でも裸足だったから、サイズが窮屈になっていることに気づかなかった。

それで、今度ケルディが来る時に、子供たちの服も注文しようと言っていたのだ。

「靴下と靴は、もう一つ上の寸法のも、頼んでおいたらどうだ。念のため」

伊折と同じように書類を覗き込んで、ヴィンセントが言った。

それを聞いてナタンは、「そうしよう」と、素直にうなずいて書類に書き込む。

伊折は下宿屋に来てまだ日も浅く、子供たちの成長についてはよくわからない。どのくらいの頻度でサイズアウトするかわからなかったから、その時はそんなものかと思っていた。

「ねえ、あの二人。最近あやしくない？」

ユリがこそっと伊折に耳打ちしてきたのは、冬支度の会議が終わってからのことだ。

台所の流しに、みんなで使い終わったティーカップを運んでいる時、ユリがさりげなく近づいてきた。

彼の視線の先には、ナタンとヴィンセントがいる。子供たちは、落としても割れない木製のお菓子入れを運んでいた。

「えっ、そ、そうかな。あやしいって、どういうふうに？」

数か月前、ごく個人的な話をして以来、ユリとは距離が縮まった。そのせいか、伊折はユリに敬語も使わなくなっている。

二人で頻繁におしゃべりするようになり、初めて気の置けない友達ができたみたいで、伊折は嬉しかった。

伊折の部屋や、ユリの研究室にお菓子とお茶を持ち込んで、みんなの前で大っぴらに言うのは憚られるような話をすることもある。恋バナとか、エッチの話とかだ。

二人でキャッキャとはしゃいでいたら、ヴィンセントには「女子みたいだな」と言われた。

ユリは怒っていたが、伊折はその通りだと思う。確かにおしゃべりの内容は、ガールズトークっぽい。

でも、ユリがヴィンセントを好きになった時の話とか、伊折が初めていいなと思った男性アイドルの話なんか、ヴィンセントやナタンの前では話しづらいし、負担の少ないアナルセックスについてなんて、絶対にナタンには聞かせたくない。

ヴィンセントは一度、伊折とユリのおしゃべりに加わろうとして、ユリに追い払われていた。

「なんか、二人きりでコソコソ話をしてるんだよね。僕が来ると、ぴたっとやめたり」

それは確かにあやしい。

「何の話をしてたんだろう。俺は気づかなかったな。いつから？」

「つい最近だよ。子供たちの服を新調しようって言った、その後くらいからかな。さっきもさ、服を注文しようって言った時、二人で通じ合ってるっぽくなかった？」

そうだっただろうか。伊折は思い返してみる。

その時、台所から「おーい、女子たち」と、ヴィンセントが顔を覗かせたので、二人でビクッとなった。

「女子じゃないって言ってるでしょ、おじさん」

ユリが目を吊り上げる。ヴィンセントは「その返しが女子っぽい」と、からかっていた。

そしてさりげなく、ユリにベタベタとボディタッチなどしている。

これも最近になって気づいたのだけど、ヴィンセントは大らかに見えて、かなり独占欲が強いと思う。

ユリと伊折が二人きりでいると、さりげなさを装って様子を見に来たりする。一度、伊折が、

「心配しなくても、ユリさんを取ったりしませんよ」

と言ったら、珍しく顔を赤らめていた。

「いや、そういうんじゃないんだけどな」

じゃあどういうんですか、と聞いても答えてくれなかった。ユリの話では、昔は遊び人だったらしいが、ユリと出会ってからは彼一筋なのだろう。

今も、伊折から離れて自分の隣に来たユリを見て、嬉しそうにしている。

（いいなあ）

ラブラブな二人を見て、ほっこりしつつもちょっと羨ましい。

そんなことを考えていたから、ヴィンセントとナタンが「二人きりでコソコソ」してるという話も、それきりすっかり忘れていた。

冬支度のための注文書をまとめ、ナタンがケルディ商会に注文書を送った。

それから一週間ほどが経ち、下宿屋にケルディがやってきた。

「ごめんくださいませ。ケルディ商会でございます」

普段は決して鳴らない家の呼び鈴がチリンチリン、と鳴るのが、ケルディが近づいてきた合図だ。少しして、鞄を斜め掛けにした太った三毛猫が、表の木戸から現れた。

訪問の日はあらかじめ伝えられていたから、みんなで出迎えたのだが、今回のケルディはいつもと様相が違っていた。

「びしょ濡れではないか。何があった？」

ナタンが顔色を変えて言ったとおり、ケルディは頭から尻尾の先まで濡れそぼっていた。

いつもはふわふわの毛並みが濡れてしぼみ、体積が半分くらいになって見える。

「いやはや、みっともない恰好で相すみません。実は船が浅瀬に乗り上げてしまいまして」

今年は例年より降水量が少なくて、秋の今頃からすでに、川の水位が低くなっていたのだそうだ。いつも下宿屋に来る際、船の乗り降りに使っている場所まで近づいた時、船が浅瀬に乗り上げてしまったのだそうだ。

一人の力では船をどうにもできず、船着き場まで泳いだので、全身ずぶ濡れになってしまった。

ナタンはケルディにシャワールームを使うように言い、ユリやヴィンセントも急いでタオルや着替えの用意をした。伊折は温かいお茶を淹れた。

幸い、ケルディは濡れただけで、怪我などはなかったようだ。

「申し訳ありません、ナタン様。大切な鞄を濡らしてしまいました。魔法で中身は無事ですが……」

ケルディは温かいシャワーで温まったものの、自分の身体より鞄のほうが気がかりな様子だ。

伊折が乾いた布を渡すと、鞄を大事そうに拭いていた。

「そんなことは構わん。鞄は鞄だ。それより、お前に怪我がなくてよかった」

ケルディが持っている魔法の鞄は、魔界製である。

高性能なだけあって非常に高価で、ここまで配達に来てもらうかわりに、ナタンがケルディ商会に下賜したものだと、以前、ケルディが伊折に教えてくれたことがある。この鞄一つで、豪邸が十軒くらい建つと言っていた。

それを、鞄は鞄だ、と意に介さずケルディの身を案じるところが、ナタンらしい。

「鞄は外側も丈夫に作ってあったはずだ。濡れたくらいで壊れることはない。さあ、それはいいからお茶を飲みなさい」

それでも鞄を気にしているケルディに、ナタンはお茶を勧めた。

ケルディはそれに目を潤ませ、お茶を飲む。一口飲んで「美味しいです」と、笑顔になったので、周りで見守っていたみんなも、ホッと息をついた。

大変な目にあったケルディは居間でチビたちと休んでもらい、大人たちで品出しをする。

文字通り、魔法の鞄から荷物を出して整理をするのだ。

今回は一冬分の注文だったので大変だったけど、日が暮れる前にはどうにか終わった。

それから夕食になったのだが、ケルディは数日の間、下宿屋に留まることが決まった。

配達の際には毎回、下宿屋に一泊して帰るのだが、今回は帰りの足がない。

品出しの後、ナタンのホットラインを使って、商会に代わりの船を手配するよう伝えたが、浅瀬用の川船を用意するのに、数日はかかるとの返事だった。

主人が留守では、商会も困るだろうが、こうなっては仕方がない。迎えが来るまでしばらく、下宿屋でゆっくりしてもらうことになった。

夕食が終わると、自然とみんな居間に集まった。ケルディが訪れた時は、こうして居間でケルディの話を聞くのが習慣になっている。

ケルディは商人で、国内外をあちこち飛び回っているだけあって、いろいろ珍しい話を聞かせてくれるのだ。

「私の曾祖父は山っ気のある人物でしてね。魔界の、それもいきなり王室に、茶葉を売り込みに行ったのです。いやはや、他の国だったら、怪しまれて捕まっていてもおかしくなかったですよ」

今夜は、伊折が何気なくケルディ商会の成り立ちについて尋ねたところ、そんな話が始まった。

ケルディ商会は、三代前から始まった魔界との貿易で、店を大きくした。

先代の魔王が、ケルディの曾祖父に魔界御用達の看板を授けたことに始まったそうだ。

だからケルディ一族とその商会は、魔界王室に大変な恩義を感じているのだと、ケルディは言った。

「恩義など。貿易は互いに利益があるから行うのだ。だがまあ、そのおかげで我々も、不自由なく暮らしていける。いつもありがとう」

ナタンが言うと、ケルディは「いえいえ、そのような」と、耳を水平に寝かせた。

「私も父も、先代の魔王様には可愛がっていただきましたよ」

「私は小さい頃、父親に付いてきたお前に、よく遊んでもらったな」

「そうでしたな。いつぞやは家庭教師から逃げ出して、怒られていました」

ナタンの子供の頃の話が出て、伊折は思わず前のめりになった。

もう少し詳しく、と思ったのだが、ナタンが「子供の頃のことだ」と、顔を赤くしてケルディを睨んだので、残念ながらそこでその話題は打ち止めになってしまった。

「くつした、ぴったりだよ！」

「ほかのも。みてみて！」

居間の端で、子供たちが声を上げた。

彼らは、ケルディが納品した新しい衣類を試着しているところだった。

どれも子供たちにぴったりだ。デザインはお揃いだが、取り違えることのないよう、四人色違いになっている。

「わあ、可愛い」

「似合ってるじゃねえか」

ユリとヴィンセントが言うと、子供たちは「えへへ」と、はにかんで嬉しそうにした。

「我々も試着したんだ。どれも着心地がよかった。ありがとう」

ナタンが言い、ケルディは「それはようございました」と、目を細める。

伊折たち大人用にも、いくつか冬用の衣類を新調してもらった。特に伊折は、防寒着を持っていなかったので、フード付きのマントを買ってもらった。

魔法使いが着るようなデザインだが、鮮やかな緑色で物々しさはない。ふくらはぎまであって温かい。

素材はよくわからないが、素人目に見ても上等な誂えで、きっとそれなりにお値段がするのだろうなと思う。

「そういえば、気になってたんですけど。俺、お金を一銭も払ってないのに、こんなに色々誂えていただいて、いいんでしょうか」

無粋とは思いながらも、疑問を口にしてみる。以前から気になって仕方がなかったのだ。

伊折の問いに、大人たちはお互いの顔を見合わせた。

「あれ？　誰も教えてなかったんだっけ？」

ヴィンセントがつぶやき、ナタンが代表して答えてくれた。

「魔界が機能していた頃は、普通に魔界の通貨を使用していたが、今は魔石で支払っている」

樹海の奥、城のさらに向こう側に魔石鉱山の入り口があって、そこにある魔石を、ナタンが定期的に拾ってくるのだそうだ。

下宿屋の動力はその辺に落ちている屑魔石で賄えるが、金銭的な価値は低い。鉱山は今は封鎖されているものの、採掘された高純度の魔石がそのままになっており、換金すれば結構なお金になるそうだ。

ちなみに、鉱山は現在、封鎖され、この家と同様に結界が張られている。ナタンとナタンが許可した者だけが入れるようだ。

「そういうわけだから、金の心配はない」

それを聞いて、伊折は安心した。

「採掘済みの石も、向こう五十年分の生活費を賄えるくらいある。ただ、そうだな。もしそれらが尽きたら、ザファル王国から採掘用の機材や人員を頼もうと思っているんだが」

ナタンは話の途中で気づいた様子で、ケルディに話を振った。ケルディはパチッと目を見開いてから、ちょっと考え込む仕草をする。

「ご希望とあれば、もちろんご用意できますが。……うむ、しかし」

「何か問題があるのか？」

「問題というか、心配です。魔石の鉱脈は貴重ですからな。外部の者を鉱山に入れるのは、あまりいいこととは思えません。特に、魔界の機能がほとんど失われている現在は」

「目の前に宝の山があったら、良からぬことを考える人も出てくるかもしれない。キップールなんか、一時は血眼になって樹海の中を探してたからね」

そう言ったのは、ユリである。それから、何も知らない伊折に説明してくれた。

「僕らが下宿屋に転がり込んだ後、しばらくこの辺をキップールの王国軍がうろついてたんだ。最初は僕やヴィンセントの死亡を確認するためだったみたい。でもそれから、魔石鉱山の捜索に変わったみたいだね。もともと戦争を仕掛けたのも、魔石鉱脈を奪うためだったみたいだし。結界のおかげで、どんなに探しても見つからないから、諦めたみたい。数年前から、王国軍の姿は見かけなくなったけどね」

自嘲するような、苦い微笑みを浮かべるユリに、ヴィンセントが優しく肩を抱いてさする。

「結界が破られることはまずない。外部の者に見つかる心配もない。だがケルディの言うとおり、鉱山に人を入れるのは、よく考えなければな」

ナタンも言って、ユリを見ながら安心させるようにうなずいた。

キップール王国の軍隊が、数年前までこの周辺をうろついていたなんて、知らなかった。実際に目の当たりにしていたら、伊折はきっと怖くて、下宿屋の外に出られなかっただろう。

諦めてくれてよかった。もし今、自分が王国軍に見つかったらどうなるのだろう。

想像しかけて、慌てて振り払う。ぶるっとひとりでに身体が震えた。

ケルディの帰りの船は、なかなか手配できないらしい。

今の川の水位に対応できる船が見つからないようなのだ。それでケルディは、商会の部下たちとちょっと揉めていた。

「陸路で迎えに来るというのです。キップール王国経由で。うちの大事な若い衆たちに、そんな危険なことはさせられません。私一人のほうがまだ、安全だ」

どうやら、商会の人たちは主人を心配していて、ケルディは逆に彼らの心配をしているようだ。危ないから迎えに行く、いや危ないからいらない、という押し問答を、ホットライン上でしているらしい。

「もうしばらくの間、船を探してみてはどうだ。雨が降って川の水位も上がるかもしれない。うちにはいつまでもいてくれていいから」

最終的にはナタンがそう取りなして、ケルディの滞在予定は数日から一週間ほどに延びた。

「キップール王国って、外国の人は行き来できないんですか」

ユリが気にするかもしれないので、伊折はケルディにこっそり聞いてみた。

「そうですねえ。ザファル王国とキップール王国は、いちおう国交があるので、私の身分証があれば国境は通れるはずですが。最近は特に、国内が荒れているようでしてね。治安が悪いのです。獣人の私は、あまり大っぴらには歩けないでしょうね」

伊折は召喚されてすぐ牢屋に入れられたので、国内の事情など知らなかった。ケルディは悩ましげにため息をつき、猫耳を寝かせた。

「昔はこうではなかったのですよ。排他的な国ではありましたが、まだ国家としての理性を保っていました。今の国王になってからです。おまけに、勇者を使って魔界を滅ぼすなど。魔界がなくなって、ザファル王国や周辺の国々も困っているのです」

それまで、魔界から高度な魔道具や高純度の魔石を輸入していた周辺各国は、遠方のエルフの国から輸入せざるを得なくなってしまった。輸送費もかさむし、みんなで少ない物資を購入するから、価格も高騰する。供給が不安定になって、供給元のエルフの国も困っている。

魔界が滅びたのではなく、眠りについているだけというのは、魔界と国交を結んでいた国ならみんな知っていることだそうで、早く魔界が復活してほしいとみんなが願っているそうだ。

伊折も願っている。国同士のことはよくわからないが、ナタンや四つ子たちのために、国が早く元に戻るといいなと思っていた。

魔界が復活する頃、伊折は生きているだろうか。もしかすると、年老いて寿命が尽きているかもしれない。

考えを突き詰めると切なくなるから、今はあまり、考えないようにしている。

ナタンたちほどではないけれど、伊折の人生だってまだまだ長い。しょんぼりして生きるのはもったいない。

ここに来て、自分はずいぶん前向きになったと思う。ナタンと、みんなのおかげだ。

だからユリが言ってくれたとおり、伊折は毎日、みんなのご飯を作る。下宿屋の人たちが、今日も明日も元気で楽しくいられますようにと、祈りを込めて作っている。

「……よろしく頼む。ここには、計測器がないから」

ケルディが滞在して、ちょうど一週間目のことだった。午後、自分の部屋で読書でもしようと、西の棟の廊下を歩いていた時、ナタンの声が聞こえた。

伊折の部屋の隣、ナタンの書斎からだった。

「かしこまりました。商会に戻りましたら、計測してみます。すぐに結果が出るでしょう」

ケルディの声もする。それで伊折は、また商会と連絡を取っているのかなと思った。

ケルディ商会とのホットラインはナタンの書斎にあって、ケルディもよく、書斎と客間を行き来していたからだ。

「俺の体感的には、間違いないと思うんだよな」

けれど今日は、ナタンとケルディの他に、ヴィンセントの声も聞こえた。

珍しいなと思う。ユリはたまに、ナタンの魔法の蔵書を借りに来るけれど、ヴィンセントがナタンの書斎に出入りしているのを見たことは、今までなかった。

「お前がそこまで言うなら、可能性は高そうだ。だがまだ、確定ではない。他言無用だ。特にユリには」

他言無用、というナタンの声に、伊折はどきりとした。何の話だろう。

そういえば、ケルディが来る少し前、ヴィンセントとナタンが怪しい、とユリが言っていた。

やっぱり二人の間には、他のメンバーには言えない内緒ごとがあるのだ。いったい、何なのだろう。

「わかってるって。俺はもう、ほんのちょっともあいつを傷つけたくない。でも、それはそれとして、やっぱり期待しちまうんだよ」

「それは無理もないことだ」

いつもふざけているヴィンセントなのに、今日に限ってシリアスな声音だ。ナタンも神妙な声で同意する。

これ以上は聞いていてはいけない。そうっと元来た廊下を戻るか、聞こえてませんというふりをして自然に自分の部屋に入るべきか、迷った。

「だろ。お前だって期待するだろ。もしかして、ってさ」

「は？　私がいったい、何を期待すると言うのだ」

ヴィンセントがからかい、ナタンが向きになって、書斎はにわかに騒がしくなる。

「なんで隠すんだよ。俺とお前の間でくらい、素直になったっていいだろ。ここで慎重になるところが、もう本気なわけじゃん」

「だから何のことだ。お前が何を言っているのか、私にはさっぱりわからんな」

「はー、これだから童貞は」

「童貞は関係ない！」

「まあまあ、お二人とも」

何を揉めているのか、伊折もさっぱりわからない。しかし、書斎の彼らがわちゃわちゃ賑やかにやっているおかげで、こちらも廊下を引き返すことができた。

（なんだったんだろう）

気にはなったが、ナタンたちが話してくれるまで、胸の内に納めることにした。

二人の口調からして、ユリや、恐らくは伊折のことも、気遣っての内緒ごとなのだろう。

（それにしても、ナタン様とヴィンセントさんて、仲がいいよな）

勇者と魔王、かつて敵同士だったはずなのに。いや、だからこそだろうか。

ユリと伊折が二人だけのガールズトークを展開するように、勇者と魔王の二人も、二人にしかわからないセンシティブな話題があるのかもしれない。

（いいなあ。ユリとの女子会もいいけど、俺もナタン様と二人で、男子会したい）

その時の伊折は、のんきにそんなことを考えていた。

ケルディが来て二週間が経った。

雨は降らず、川の水位は減る一方だ。船は一艘見つかったが、この水位では、最初の船と同じく浅瀬に乗り上げそうだった。

秋から冬にかけては商売が忙しくなるそうで、ケルディもだんだんとそわそわし始めた。

ホットラインで商会本部と毎日のようにやり取りしていたが、とうとう我慢できなくなったのか、ある日、

「やはり、陸路で帰ります」

と、ケルディが宣言した。さらに何度も商会とやり取りを重ね、最終的にはケルディ一人で樹海を抜け、キップール王国の国境まで行くことになったようだ。

国境を越えたところで、商会の迎えと合流するらしい。

「私としては、安全が確保されるまで下宿屋にいてほしいのだがな」

ナタンは心配そうだった。でもケルディは、繁忙期に主人の自分が不在なのは、どうにも落ち着かないようだ。

「どうも貧乏性でして。働いて動き回っていないとウズウズするんですよ」

元傭兵のヴィンセントが、護衛として樹海の入り口まで付き添うと言い、またそこでしばらく話し合いになった。

ヴィンセントとしては、「もう死んだことになって十何年も経つんだし、大丈夫じゃね？」と、考えているようだが、実際のところは誰にもわからない。

治安が悪いのは気になるが、ケルディ一人のほうが、身分を検められた時に問題がないということで、心配ながらも彼を送り出すことになった。

ケルディ出発の日、下宿屋のみんなで、樹海の途中まで一緒に出て見送った。

「くれぐれも気をつけてな」

「はい。いろいろとありがとうございました。魔道具をありがたくお借り致します。食料もこんなに持たせていただきまして」

樹海を歩くということで、いろいろと準備をしたのだが、ケルディは恐縮していた。

ナタンは、樹海を歩くのに便利な魔道具を持たせたようだ。ナビゲーション機能を持つ杖で、それを持っていれば迷わず目的地まで辿りつけるという。

ナビに沿って迷わず真っすぐ歩けば、下宿屋から樹海を抜けて街道まで、半日で着くのだそうだ。そんなに近いなんて驚きだった。国境までは、一日あれば大丈夫だろうという。

それでも、食べ物と水は多めに持たせた。魔法の鞄に入るので、荷物は多くなっても邪魔になることはない。

「お土産までいただいて、申し訳ありません。これでは何をしに来たのかわかりませんな」

ケルディが、伊折の作った食べ物が美味しいと褒めてくれたので、ジャムやアップルパイ、それにスコーンやクッキーなど、あれこれお土産に渡した。

「それより、もしも何かあったら、すぐに引き返してくるように。無理はするなよ」

「ありがとうございます。商会に戻りましたら、またご連絡します。それでは皆様、ごきげんよう」

ケルディはぺこぺことお辞儀をして、樹海の木々の向こうへ消えていった。

明るく見送ったけれど、みんな内心では心配していた。

「大丈夫かなあ。治安もだけど、国境まで歩いて行くんでしょ」

ケルディが見えなくなるまで見送って、ユリがつぶやく。猫だからわかりにくいが、ケルディは中年のおじさんだ。国境まで一日かかると聞いて、伊折もケルディの体力を心配していた。

「大丈夫だろ。あの人はああ見えて、若い時から国内外を飛び回ってるんだ。体力なら若い者に負けないって言ってたぞ」

ヴィンセントはユリを安心させるように、優しい口調で言った。恋人の頭を、くしゃりと撫でる。それからナタンに向かって、「な？」と、同意を求めた。

「ああ。ケルディは健脚だ。だいたい、いつもの船だって、船着き場から下宿屋までわりと距離があるんだ。陸路のほうがむしろ、高低差がないから楽だろうと言っていたぞ」

ナタンが同意する。ユリは納得するのかと思いきや、「ふうん」と鼻を鳴らして、隣の恋人とナタンとを見比べた。

「詳しいね。そういえば二人とも。ケルディと三人でよく、コソコソ話をしてなかった？」

ナタンとヴィンセントが一瞬、肩を揺らしたのが見て取れた。伊折も、ナタンの書斎での会話を思い出す。

「な、コ……コソコソなどしておらん」

隠し事の下手なナタンが、明らかに動揺して言うので、伊折はどうフォローしたものか困ってしまった。

詳しいことは伊折もわからないけれど、やましい話ではなさそうなのだ。でも、それをこの場でどう言えばいいのか迷う。伊折もナタンと同じで、当たり障りなく誤魔化すのは苦手だ。

「なんだ、ユリ。もしかして妬いてんのか」

ヴィンセントが、ニヤニヤ人を食った笑いを浮かべながら、ユリの頰を指で突いた。

「うるさいな。妬いたら悪い？」

ユリは不貞腐れた顔をして、相手の指を払いのける。ヴィンセントはしかし、ぽかんとしていた。

「え……マジ？」

ユリはつん、とそっぽを向いて、元来た道を足早に戻っていく。ヴィンセントがでれっと相好を崩して追いかけた。

「ユリ〜」

「付いて来ないで」

「もう一回、今の言って」

バカップルの背中を見ながら、伊折はついため息が出た。図らずも、隣のナタンも同時にため息をついていて、二人のため息が重なる。顔を見合わせて笑った。

それまで、めいめいにどんぐりや落ち葉を拾っていた四つ子たちが、不思議そうに伊折とナタンを見た。

「なんでわらってるの？」

「ふたりでナイショわらいしてる」

子供たちには、そんなふうに見えたらしい。子供たちだから、他意はないのだろう。それでも、くすぐったい気分だ。

「うん。ナタン様と俺は仲良しさんだから。ね、ナタン様」

なるべく意識しないように、なんでもない口調で言った。ナタンは、伊折がそんなことを言い出すとは思わなかったのだろう、一瞬、ビクッとした。しかしすぐ、ぎこちないながらもうなずく。

「あ、ああ。確かに、我々は仲良しだな」

ナタンも認めてくれて、嬉しくなった。

「いいなー」

「ヒスイとも、仲良しだよ」

「ぼくは？」

「もちろん」

じゃあぼくも、ぼくだって、と、子供たちが周りを跳ねる。楽しくはしゃぎながら、下宿屋まで帰った。

それから三日ほど、下宿屋はいつものとおり平和だった。

いや、このところユリが伊折に、

「やっぱりナタンとヴィンス、コソコソしてる。ヴィンスに聞いたんだけど、彼って肝心なところではぐらかすから、たまにイライラしちゃう」

と、こぼしていたから、兆しはあったのかもしれない。

そして、ケルディが下宿屋を去って四日後。

「ケルディさんはそろそろ、商会に帰った頃でしょうか」

「ああ。今日あたりには、ホットラインで連絡が来るだろう」

昼食の時、ナタンと伊折とで、そんな話をしていた。

ユリはまだ寝ていたので、食堂には現れなかった。昨夜はまた遅くまで、魔法の研究をしていたようだ。

「根を詰めるなって言ってるんだけど、あいつ、聞かなくてな」

しょんぼりしながらヴィンセントが言い、そろそろ起こしてやらなくちゃ、と、ユリの分の昼食を運んで行った。

「あいつらはまた、喧嘩をしたのか」

やれやれ、という口調でナタンがぼやく。

ヴィンセントと喧嘩をすると、ユリはなおいっそう、魔法の研究に没頭してしまうらしい。そしてヴィンセントがしょんぼりする。

「ヴィンスがなくからね、ぼくたちがよしよし、ってしてあげるの」

「あそんだげるんだよね」

落ち込んだヴィンセントは、いつも子供たちに慰められているらしい。伊折は苦笑した。

「でも二人とも、お互いのことが大好きなんですよね。俺がいた国では、『喧嘩するほど仲がいい』って言葉がありますし」

その時は、そんな話をして笑っていた。

午後、おやつの時間の前に、伊折はナタンと洗濯物を取り込んだ。今日は伊折の当番だったけど、ナタンが手伝ってくれたのだ。

「お前は毎日、食事係をしているんだから、本来ならもう、他の家事当番はしなくていいんだからな」

ナタンは最近、たまに伊折の家事当番を手伝ってくれて、そのたびに同じ言い訳をする。それに伊折も笑って、同じ言葉を返した。

「俺、家事当番って嫌いじゃないですよ」

そうするとナタンはいつも、ふうん、とか、そうか、と言って黙る。でも今日は、ちょっと反応が違った。

「確かにな。一人でやるのはつまらんが、こうして二人で洗濯物を取り込むのは、私も好きだ」

伊折は思わず手を止め、ナタンを見つめてしまった。相手も気づいて、ハッと伊折を見る。

「二人で……というか、二人でも三人でも、楽しいが」

ゴニョゴニョと言い訳するのが可愛らしい。伊折はふふっと笑った。

「はい。一人より誰かとやるほうが楽しいです」

ナタンに他意はないのはわかっている。過剰に反応してしまうのは、恋愛未経験の童貞ゆえだろう。伊折も同じだからわかる。

ユリと恋愛やエッチの話をするのも楽しいけれど、こうして自分のペースでいられる、ナタンとの時間も楽しい。

そんなふうに、伊折がほっこりしていた時だった。

家の中でバタバタと足を踏み鳴らすような、激しい音がした。ユリとヴィンセントの言い争う声も聞こえる。

伊折とナタンは、洗濯物を取り込む手を止めて、お互いに顔を見合わせた。

「ナタンさまー。ユリとヴィンスが」

「またケンカしてるみたい」

リンゴの木の周りで遊んでいた四つ子たちも、大きな音にびっくりして集まって来た。

今回は、いつもの喧嘩より激しめだね、なんて話していたら、下宿屋のドアがバーンと大きな音を立てて勢いよく開いた。

「ヴィンスのバカ。大嫌い。もう知らないから！」

「だから、待てって言ってんだろ。キャンキャンわめくなよ。お前は生理中の女か！」

ユリを追いかけるヴィンセントもイライラしていた。元の世界だったら、セクハラとかポリコレに反するとか言われそうだ。

ヴィンセントも言いすぎたと思ったのか、途中でハッと口を押さえていた。だがもう遅い。

「何それ、最低」

ユリは低い声でつぶやき、見たこともないような冷たい目でヴィンセントを睨んだ。すぐに踵を返し、表門から樹海へ出て行こうとする。

「ユ、ユリ、悪かった」

「付いて来ないで」

ヴィンセントは慌てて追いかけようとしたが、ユリにぴしゃりと言われて、それ以上は追いかけられないようだった。

「ユリ〜」

情けない声で呼ぶけれど、ユリはあっという間に門をくぐって出て行ってしまった。

「何をしている、ヴィンセント。追いかけろ」

オロオロしてウロウロするヴィンセントに、ナタンが厳しい声をかけたが、ヴィンセントは「で、でもよお」と、情けない声を出すばかりだ。

「おいかけたほうがいいよ」

「あっちのほう、いっぱいあるいたら、あぶないよ」

子供たちも心配そうにしている。裏門の向こうは道しるべが付いていて、歩くとすぐ城跡に着くが、表門のほうは深い樹海が続くばかりだ。

下宿屋の周辺なら問題ない。伊折もこの半年近くで、だいたいの位置がわかるようになった。それでも樹海は広い。冷静でない状態で深い場所まで進んでしまったら、迷子になる可能性もある。

「そ、そうだな。危ないよな」

ヴィンセントも我に返ったようで、慌てて追いかけようとした。でも、そのヴィンセントも冷静とは言えない。見かねて伊折が声を上げた。

「あの、俺が追いかけます。ユリもヴィンセントさんも、冷静じゃないみたいですし。今、ヴィンセントさんが追いかけたら、また喧嘩になっちゃうかもしれないでしょう。だから俺がユリと話してみます」

二人の喧嘩の原因も、何となくわかる。

ヴィンセントがナタンとコソコソ内緒話をしていたのを、ユリは気にしていた。きっとヴィンセントを問い詰めて、それで言い合いになったのだろう。

「悪い、イオリ。頼めるか。お前の言うとおりだ。俺、動揺してる。だってユリ……ユリが、俺のこと大嫌いって……ど、どうしよう！」

半泣きになるヴィンセントはナタンと子供たちに任せて、伊折はユリを追いかけることにした。

「イオリ、これを持っていけ」

表門へ行きかけて、ナタンに呼び止められた。ナタンは自分が首にかけていたネックレスを外すと、伊折の首にかける。

銀の鎖に透明の石が付いた、シンプルなものだ。

「もしもの時の備えだ。これを着けておけば、私の書斎の魔道具でお前の位置を確認できる。樹海で迷ったと思ったら、動かないでその場にいなさい」

迎えに行く、と言われて、頼もしかった。

「ありがとうございます。行ってきます」

そうして、すぐさま表門を出た。目の前はもう、深い森の中だ。

「ユリ！」

どちらに行ったのかわからず、木々に向かって叫ぶと、右の方から「付いて来ないで！」と、ユリの声が返って来た。伊折は右へ進む。

しばらく進むと、離れた場所で草をかき分ける音が聞こえた。伊折はその音を頼りに、奥へと歩いた。

やがて、ユリの背中が見えた時にはホッとした。もう一度声をかけたが、ユリは止まってくれない。

「イオリたちを巻き込んじゃって、ごめん。頭冷やしてから帰るから、先に帰ってて」

「でも、樹海の奥は危ないよ。ヴィンセントさんも心配してたし」

「あんな奴、知らない」

不貞腐れた声でユリは言い、どんどん先へ進んでいく。腹立たしさで頭がいっぱいになっていて、ヴィンセントが心配すればいいと思っているのかもしれない。

放っておけないので、伊折も後に続いた。ユリがあまりに躊躇なく進むので、ちょっと心配になってきたが、いざとなれば、ナタンが貸してくれた魔界製のＧＰＳがある。

「ずっとナタンと内緒で何かやってるんだ。聞いてもはぐらかされる」

道のない森の中を歩きながら、ユリが怒ったように言う。やっぱり、例のことで喧嘩になったのだ。

「僕だってまさか、ナタンと浮気してるなんて勘繰らないけどさ。二人で内緒にされたら、やっぱり気になるじゃない。どうしても言えないことなら、僕にわからないようにうまく隠してほしいよ。僕が問い詰めたら、笑ったりふざけたりして誤魔化そうとするし」

ユリは意外と足が速い。彼に追いつくまでに、だいぶ時間がかかった。下宿屋からかなり離れてしまった。

「ユリ、一回止まって。ほんとに迷いそう」

後ろから声をかけると、ユリはようやく足を止めてくれた。近くにあった大木の根元にしゃがみ込む。

「……こんなところまで来させて、ごめんね。大人気ないのはわかってるんだけど。カーッと頭にきちゃって」

伊折は大丈夫だよと微笑んで、ユリの隣に同じようにしゃがんだ。

「そういう時もあるよ。ヴィンセントは確かに、ヘラヘラはぐらかしそうだし」

「そう！　そうなんだよ。こっちが真面目に話してるのに、ヘラヘラしてるの」

伊折の賛同を得て、ちょっと気分が上向いたようだ。ふう、と自分を落ち着かせるように、大きく深呼吸した。

「……ヴィンス、心配してた？」

「うん。ユリに大嫌いって言われて、どうしよう～って、情けない声出してた」

伊折が真似ると、ユリはくすっと笑った。

「カッコ悪いなあ。元勇者なのに」

ユリの言葉に重なるように、近くでパキッ、と小枝が鳴る音がした。

伊折は、ヴィンセントが迎えに来たのだと思った。あるいはナタンが。ユリも同様に思ったようで、軽く腰を浮かせて音のしたほうを振り向く。

「ヴィン……」

声は途中で途切れ、悲鳴と呻きに変わった。

伊折がただちに隣を見た時、視界に飛び込んだのは、知らない男に羽交い締めにされているユリの姿だった。彼より大柄な男が背後からユリを抱き込み、口元を覆っている。

「ユ……」

伊折もまた、最後まで声を出すことはできなかった。誰かの手が、背後から伸びてくるのを見た。

記憶はそこで、ふっつりと途切れている。

「イオリさん」

「イオリ、起きて」

意識が戻った時、ケルディの声に続いてユリの声がしたので、伊折はそれまでに起きたことはぜんぶ夢だったのだと思った。怖い夢だった。

けれど、目を開けてそこにあったのは、下宿屋の見慣れた天井ではなかった。

気持ちの悪いシミの付いた、薄暗くて不潔な場所だ。見慣れたわけではないけど、見覚えがある。ここは……。

「よかった。気がついた」

安堵の声と共にユリがひょいと覗き込んできて、伊折もホッとする。

「お怪我はありませんか」

続いて顔を覗かせたのは、ケルディだ。今はどういう状況なのだろう。

「ここって、もしかして地下牢じゃないですか。キップールの……」

召喚されてすぐ入れられた、キップール王国の城の牢屋だ。伊折が言うと、ユリは苦い表情でうなずいた。

「僕たち、樹海で拉致されたんだよ。薬を嗅がされたか魔道具で意識を奪われて。気を失う前に見た彼らの装備は、キップール王国軍の兵士のものだった」

「申し訳ありません。私が、へまをやらかしたせいです」

ケルディがそう言ってうなだれ、ユリは即座に「ケルディのせいじゃないよ！」と反論した。

状況が摑めない。どうしてこの三人が、キップール王国に捕らえられたのか。ナタンとヴィンセント、それに四つ子たちは無事だろうか。

「ケルディさんはどうしてここに？　商会に戻ったものとばかり思っていました」

一つずつ明らかにしていこうと、まずはケルディに尋ねてみる。ケルディは悲しそうに耳を下げて首を振った。

「実は、国境を越える際に、面倒に巻き込まれたのです」

四日前、下宿屋を出発したケルディは、ナタンから借りた魔界製のナビを頼りに、迷うことなく樹海を抜けて国境へ辿りついた。

しかし、国境を越える際、キップールの警備兵に絡まれてしまったそうである。

「私が持っていた鞄が兵士たちの目に留まり、奪われてしまったのです」

あの、何でも入る魔法の鞄だ。機能も高性能だが、鞄としても良い品である。それで目を付けられたのだろう。

他の物ならともかく、鞄はナタンから下賜された大切なものだ。これだけは渡すわけにはいかない。それで抵抗したところ、捕まって牢屋に入れられてしまったというのである。

「そんな、理不尽な」

「ね。ケルディは悪いことなんてしてないんだ。兵士たち、いや、王国が悪いんだよ」

ユリは唇を噛むが、ケルディの話はそれだけではなかった。

「最初は警備隊の牢屋に入れられていたのですが、そのうち、私の存在が王城の誰かの耳に入ったようで、この王城の地下牢に移送されました」

ザファル王国の獣人、しかも商人が鎖国同然のキップール王国から出国しようとしていた。しかも警備兵の証言では、樹海から出てきたという。それも迷って命からがら出てきた、という様子ではない。

「なぜ樹海にいたのか、何をしていたのかと、王国軍の兵士から詮議を受けました。どうもキップールは以前から、魔界の関係者の生存を疑っていたようなのです」

ケルディは兵士たちの尋問内容と、彼らの言動を繋ぎ合わせて推測した。それによれば、キップール王国は魔王かあるいはそれに近い有力な魔族の生存を疑っているらしい。

それと言うのも、魔界を滅ぼした後、魔石の鉱山を奪おうと張り切って樹海を探したのに、どこを探しても見当たらないからだった。

魔族が生きていて、結界を張って隠しているのではないかと考えたのだった。

「他国の商人が魔界があった樹海から出てきたから、関与を疑われたんですね」

「仰るとおりです。もちろん、どんなに脅されても一言も漏らしませんでしたがね」

ケルディは胸を張って笑って見せる。しかし、よく見ればケルディのふかふかの被毛はめちゃくちゃに乱れていた。

「ケルディさん、その身体は……」

伊折がつぶやくと、それまで黙ってケルディの話を聞いていたユリが、たまりかねたように地下牢の土の床を拳で叩いた。

「牢番から聞いたよ。あいつら、許せない。兵士はケルディを、慰みものにしたんだっ」

「へ？　な、慰みもの？」

「そうさ。男たちは、よってたかってケルディのこと……」

――こいつが獣人か。中年男だと聞いてたが、可愛い猫チャンじゃねえか。へっへっへっ。

――ちょうどいい。むしゃくしゃして、誰でもいいからモフりたい気分だったんだ。

――くっ、殺せ！

――そんなもったいないことするかよ。俺たちが順番に可愛がってやるぜ。

――ああ。全員で、モフモフモフモフモフな。へっへっへっ。

と、いうようなことがあって、ケルディは上着を脱がされ、猫を可愛がるみたいに全身の毛をモフられたというのである。

「誇り高き獣人を愛玩動物扱いするなんて、許されないことだ。この国の兵士たちは腐ってる！」

ユリは床に拳を叩きつけて憤ったが、ともかく怪我がないのは幸いだった。

「こんな中年男の身体でどうにかなるなら、安い物です。しかし、私があまりに頑に口をつぐんでいるので、却って何かあると確信を深めさせてしまったようで。昨日、樹海に王国軍を派遣すると決まったそうです」

やはり、牢番が教えてくれたそうだ。そういえば伊折が最初に牢に入れられた時も、牢番たちが気の毒がって、あれこれ教えてくれたのだった。

樹海に派遣された王国軍だったが、下宿屋の周辺は城跡や鉱山と同様、結界が張られている。中にいる限りは見つからなかっただろう。ところが折悪しく、ヴィンセントと喧嘩をしたユリが飛び出してしまった。

そこに兵士たちが居合わせ、捕まってしまったというわけだ。

「兵士たちは最初のうち、僕とイオリを魔族の生き残りだと思っていたらしい。王城まで連れて来られて、僕たちの顔を覚えてる人たちがいて、素性が発覚したんだ」

十数年前に樹海に消えたはずの第三王子と、樹海に捨てたはずの異世界人が生きていた。しかもごく普通に樹海の中で暮らしているる様子なのである。

「国王たちは、魔族の生き残りがいて、その拠点に目くらましの結界が張られてるって気づいたみたい」

「これから、どうなるんだろう」

下宿屋にいるナタンたち、そして、牢屋に囚われた伊折たちは。

疑問をつぶやいたが、それはユリにもケルディにもわからないようだった。

伊折は、自分の胸元に手をやる。ナタンが貸してくれたネックレスは、奪われずにそこにあった。

よかった、これは無事だった。この魔界製のGPSがあれば、ナタンは帰ってこない伊折たちを心配して、場所を確認してくれるはずだ——たぶん。

この魔界製GPS装置が、どの程度の距離まで有効なのか、伊折にはわからない。

それにたとえ場所がわかったとしても、ここまで助けにやってこられるだろうか。

ナタンもヴィンセントも、今は魔力が枯渇している。魔力を持たない、普通の人間と変わらないのではないか。そんな状態で、たった二人で何ができるだろう。

（でも……）

それでも、ナタンとヴィンセントは助けに来てくれる気がする。ヴィンセントは命がけでユリを助けるだろうし、ナタンは何があっても仲間を見捨てないだろう。

「きっと、ナタン様とヴィンセントさんが来てくれる。どうにかして」

伊折は、ユリとケルディに言った。彼らも同様に、ナタンたちを信じているようだった。

「そうだね」

「待ちましょう。心を強く持って」

三人で肩を抱き合い、互いを鼓舞した。こんなことになって怖い。不安で仕方ないけど、召喚された時や、樹海に捨てられた時のような絶望はなかった。

信頼できる人たちがいるからだ。ナタンたちを信じて、最後の最後まで望みは捨てない。

伊折は心に強く誓った。


それから、どのくらい時間が経っただろう。

見覚えのある牢番が、三人分の食事と水を運んできて、ほどなくして彼はどこかに消えた。

以前も、夜になると牢番たちはどこかにサボりに出かけてしまったから、夜更けなのかもしれない。

そんなことを考えていたら、牢番が焦った様子で戻って来た。何やら物々しい雰囲気を感じて、伊折は身構える。

牢番のすぐ後から、帯剣した兵士たちがゾロゾロとやって来た。兵士だけではなかった。

兵士たちに守られるように、豪華な身なりをした金髪に小太りの中年男が現れた。

男が何者かは、すぐにわかった。伊折の隣に座っていたユリが、彼を見るなり眉をひそめてつぶやいたからだ。

「陛下……」

キップールの国王、ユリの兄だ。でも、異母兄弟だからか、金髪以外はちっとも似ていない。

王様はユリを見下ろし、「ふん」と、忌ま忌ましそうに鼻を鳴らした。

「まさかお前が生きていたとはな。勇者が死んで、今は魔族に尻を振っているのか。生き残りの魔族はどこにいる」

魔王と勇者が生きていて、仲良く同居していることは、まだ知らないらしい。

「知らないね。知ってたって、あんたなんかには言わないよ。あ、エトガル兄上なら話は別だけど。兄上に会わせてよ」

ユリは不遜な口調で返す。でも、伊折は隣にいて気づいた。ユリも本当は怖いのだ。身体が微かに震えていた。

「はっ、エトガルに会いたいか」

王様は顔を歪めて愉快そうに笑った。

エトガルは、ユリの同母兄だ。伊折はナタンから教わった話を思い出す。召喚の儀の反対派だった人だ。あの時、どこかで聞いた名前だと思ったのだ。どこでだったか、思い出した。

「エトガルに会いたくば、生き残りの魔族の居場所を吐くんだな。あるいは魔石の鉱山への入り方だ。魔族に義理立てすることもあるまい。お前とねんごろの魔族が死んだら、また別の男に乗り換えればいいだけだ。ははは

っ」

「兄上に何をしたんだ」

ユリは王様を睨みつけるが、相手は愉快そうに睥睨するだけだ。

「お前が知っていることを洗いざらい吐けば、こちらも教えよう」

「何も知らないってば」

強気な姿勢を崩さないユリの態度は、王様の癇に障ったようだ。王様は視線をユリから伊折、そしてケルディへと移した。

「お前が吐かないなら、そこの役立たずの異世界人か、汚らしい猫を拷問してもいい」

ユリの顔色がさっと青ざめた。拷問と聞いて、それまでの強気がしぼむ。伊折も怖かったけれど、王様はとりあえず、ユリの鼻をへし折るのが目的だったようだ。

「一晩やる。よく考えるんだな」

青ざめて震えるユリを見ながら、愉快そうに言い、またゾロゾロと兵士たちを引き連れて去っていった。

伊折とケルディは、ホッと胸をなで下ろす。しかしその横で、ユリは青ざめ震えていた。

「どうしよう。また、僕のせいで、みんなが……」

「ユリのせいじゃないよ」

伊折は即座に否定した。何もかも、あの王様が悪いのだ。ケルディも「イオリさんの言うとおりですよ」と、ユリを慰める。

「それにまだ、一晩あります。さらに明日になって助けが来なくても、ユリさんが下宿屋の場所を教えれば、時間稼ぎにはなります。どうせ兵士を派遣したところで、下宿屋には結界が張ってありますし」

そうだった。ナタンの結界は簡単には破られない。

「それから思い出したんだけど。エトガルさんてユリのお兄さんは、どこかで生きてると思う」

伊折は、先ほど思い出したことを打ち明けた。樹海に捨てられる前、兵士たちが話していたのだ。エトガルが乱心したらしいこと。気が触れたという事実を、兵士たちも疑っていた話を。

「たぶん陛下は、邪魔な兄上を排除したんだ。陛下はずっと、自分より優秀で人望の厚いエトガル兄上を疎んじていたから。魔王討伐が成功して、陛下や魔術師長の宮廷での発言権は、以前より大きくなったはずだ。兄上は失脚したということだろう」

「でも、兵士たちの口ぶりでは生きてる。まだ望みはある」

伊折は力強く言った。ユリは涙を浮かべて微笑む。

「うん。そうだね。それにケルディの言うとおり、下宿屋には結界があるし。心配いらないね。今夜一晩しらんぷりして、時間稼ぎしよう」

三人は再び励まし合い、うなずき合った。今夜一晩耐えれば、きっと明日には事態が好転する。みんな、そう信じていた。

けれど実際には、一晩待つまでもなかったのである。

「いった？」

「いった。えらそうな人、いなくなった」

そんな声が牢の外から聞こえてきたのは、伊折たちが互いを励まし合い、ひしと抱き合ったその時だった。

この場に不釣り合いな幼い子供の声がして、三人ははたと顔を上げた。——まさか。

「やっぱりここだ。ナタンさまのネックレス、はっけーん！」

「もー、ライ。こえが大きい」

大きな声を出すので、牢屋の前にいた牢番がギョッとして腰を上げた。

「え、子供？　どうした、お前たち。なんでこんなところに……」

牢番が皆まで言わないうちに、牢屋の外がぱあっと光り、伊折たちは眩しさに目をつぶった。

「いた！　いたよ。イオリもユリも、ケルディもみんないる」

「よかったー」

大きな声に目を開けると、鉄格子の向こうに子供たちがいた。見張りの牢番は、その足元に倒れ、いびきをかいている。

「四つ子……？」

ユリの声が怪訝そうで疑問形だったのも、無理はない。

「チビさんたち、大きくなってる？」

伊折もつぶやいた。いつも三歳児くらいの大きさだったのに、今はどう見ても、幼稚園の年長さんくらいまで成長している。

しかし子供たちは、自分の外見には頓着していないようだった。

「むかえにきたよー」

「えっと、カギ、カギっと」

いつもと変わらない様子で、眠っている牢番から鍵を奪い、伊折たちの牢屋の扉を開けた。

「ぼくたち子どものほうが、おとなはゆだんするからって、ヴィンスが」

「かえろー。ナタンさまたちがもうすぐ、むかえにくるから」

促されて、混乱しながらも牢の外に出た。地下牢から上へ続く階段を、みんなで上る。

途中、先ほどの牢番と同じように眠っている兵士たちを見かけた。

「これ、ホムラたちがやったの？」

前を歩くホムラに伊折が尋ねると、「うん」とうなずいた。その前にいるルリが、「ぱあってしたの」と、答える。それに対して伊折の後ろにいたライが、

「ぼくたち、何かいくらい、ぱあってしたっけ」

と、声を上げた。さらに後ろのほうでヒスイの声がする。

「ひとり、十かいくらい」

「じゃあまだ、ぜんぜんへいきだね」

「ゆだんはきんもつだよ！」

「ぼくたち百かい、ぱあってしたら、まほうが使えなくなっちゃうんだって」

「気をつけなくちゃ。ジャムもアップルパイも、ここにはないからね」

たぶん子供たちは、状況を説明してくれているのだろう。しかし、わかるようでよくわからない。ただ、ケルディだけは理解しているようで、

「やはり、そうでしたか」

ふうふうと長い階段を上がる中で、そんなことをつぶやいていた。

何とか地上に辿りつくと、そこで通りかかった兵士に見つかった。しかし、兵士が声を上げる前に、兵士の一番近くにいたライが手をかざす。

先ほどの牢屋と同じく、ライの手が強く光り、兵士は声もなくその場に崩れ落ちた。気持ちよさそうに寝息を立てている。

「すごい」

伊折は思わずつぶやいた。これが子供たちの言っていた「ぱあっ」というやつだろう。

「えっと、出ぐちはどっちだっけ」

子供たちが帰り道がわからず、オロオロしたところで、元王子のユリが「こっちだよ」と、方向を示す。

脱出は、順調に進んでいたかに見えた。やはり今は夜更けのようで、城を見張る兵士たちの数も少ない。

たまに見つかっても、子供たちが「ぱあっ」として眠らせて事なきを得ていた。

しかし、城の出入り口がようやく見つかったその時、城の上の方でけたたましく鐘の鳴る音

がした。

「城の警鐘だ」

ユリが言う。牢から逃げたのがバレてしまったようだ。

「急ぎましょう」

ケルディが促し、みんなで先を急ぐ。出入り口の番兵を眠らせて、建物の外へ出たまではよかった。

だがすでに、玄関前の広場には多くの兵士が集まっていた。

「あっ、いたぞ」

誰かが声をかけ、四方からも兵士が駆け集まってきて、伊折たちはあっという間に包囲されてしまった。

「わわ、いっぱい」

「ぱあってするの、百かいでたりるかな」

子供たちが足踏みする中、背後にある城の出入り口からも兵士たちがやってきた。

「たりないかも……」

脱出は失敗か――。

伊折が悔しさに唇を噛んだ時、背後のうんと高いところで、ドーンという激しい破壊音がとどろいた。

「し、城が」

うろたえる兵士の声に背後を見れば、城の上部の壁が壊れていた。

「敵襲、敵襲！　魔族が襲ってきたぞ」

警鐘が再びけたたましく鳴り、兵士の誰かが叫んだが、統率は取れておらず、みんなどうしたらいいのかわからないようだった。

周囲が騒ぐ中、子供たちは相変わらずのんびりしていた。

「ナタンさまとヴィンスだ。来たらあいずをするって、いってたもん」

「ぴょーん、てしたらわかるよ」

尋ねたのはユリだった。子供たちは「うーん」「たぶん」と、頼りない返事をする。

「あれが合図なの？」

どういうことだろう。

「ぼくたち、ぱあってするだけじゃなくて、ほかにもできるの」

「いこ」

百聞は一見にしかずということか。子供たちは四人、伊折たち大人三人を抱えるように輪になった。

その瞬間、お腹がヒュン、とか、ヒヤッとかした気がする。ジェットコースターに乗った時の感覚だ。

えっ、と思った時にはもう、伊折たちは空中へ高く飛び上がっていた。

「うわああ」

その叫び声が自分の声なのか、伊折にはわからない。それどころではなかった。幸い、恐怖の空中浮遊はものの数秒で終わった。そうでなかったら慌てうろたえて、地面に落ちていたかもしれない。

四つ子たちが降り立ったのは、城の最上部、伊折が召喚されたあの広間だった。

フードを被った魔術師たちがいて、壊れた壁に大騒ぎしている。その中に、魔術師長もいた。さらに騒ぎを聞きつけたのか、金髪メタボの王様も広間に入ってくるところだった。

「あ、やっぱりいたいた」

「ナタンさまだー」

子供たちが声を上げる。ナタンとヴィンセントもいた。

ナタンの顔を見た途端、伊折はくずおれそうなくらい安堵したが、二人は何やら揉めていた。

「なんてことだ。いくら魔力が戻ったからと言って、力任せに城を破壊するなど。中の人たちが怪我でもしたらどうする！」

「おいおい、魔王様。この期に及んでそんな温いこと言ってんなよ。こいつらが何したか忘れたのか？　しかも、俺らの大事なもんをさらっていったんだぞ。よって、みんな死刑！　ユリがもし怪我でもしてたら、頼むから殺してくださいって懇願するくらい、ひどい目に遭わせてやるからな」

勇者が闇落ちしている。えらいこっちゃ、と慌てる伊折の横から、ユリがすり抜けていった。

「ヴィンス！」

ヴィンセントがハッと気づいてこちらを向いた。ユリの姿を認め、駆け寄る恋人を抱きとめる。二人は強く抱き合った。

「……ユリ！　無事でよかった」

「怖かった。でも、迎えに来てくれるって信じてた！」

恋人たちの再会に、伊折も胸が熱くなる。いいなあ、と思いながら二人を見ていたら、ナタンに呼ばれた。

「イオリ」

顔を上げて、伊折は固まる。ナタンが今にも泣き出しそうな顔をしていたからだ。

「ナタン様……」

彼がふらりとこちらに歩いてくるので、伊折もナタンに近づいた。互いの歩みはだんだんと速くなり、最後は駆け足になる。

「イオリ……」

目の前に立った時、ナタンはもう一度、伊折の名前を呼び、くしゃりと顔を歪ませた。

ナタン様が泣く……そう思って咄嗟に手を伸ばそうとした伊折を、ナタンが抱きしめる。

「……ナタン様？」

びっくりしてもがいたけれど、いっそう強く抱きしめられ、苦しいくらいだった。

いつも穏やかだし、たっぷりした服を着ているから気づかなかったけれど、ナタンはかなり逞しい身体つきをしているのだ。

服の上からでもわかる、彼の身体のラインに気づき、ドギマギしてしまう。こんな時に、考えることではない。そう、こんな敵地のど真ん中で――。

「イオリ、好きだ」

抱きしめられた時と同じくらい唐突に、ナタンが言った。叫んだ、と言ってもいい声量だった。伊折はわけがわからず、「はへっ？」と、素っ頓狂な声を上げてしまう。

どうしてこんな時に、とも思った。けれどナタンは周りなどお構いなしに、ぎゅうぎゅうと伊折を抱きしめる。

「愛してる。ずっとそばにいてほしい。……言えばよかった。こんなことになるなら、ぐずぐずしてないで早く言えばよかった！　お前がキップールに拉致されたとわかって、後悔した。己の意気地のなさを憎んだ。戦争があって、魔界城が沈んで、あれからもう二度と後悔したくないと思っていたのに……っ」

まくしたてるナタンの声が震えている。伊折はびっくりしていたし、まだよく事態が呑み込めていなかったけれど、彼の必死さは伝わった。

伊折はそっと、彼の背中に手を伸ばす。逞しい背中だ。その背中にすべてを背負って、それでもいつも穏やかでいる。

そんな彼が、泣くほど震えて取り乱している。

(俺のために……？)

理解したら、伊折も涙が出てきた。言葉を紡ごうとして、喉が震える。

伊折はぎゅっとナタンにしがみついた。

「俺も、ナタン様が好きです。好意とか尊敬だけじゃなくて、ナタン様のことが好きです。大好き」

必死で告白すると、ナタンの身体が小さく震えた。ありがとう、と耳元で小さくつぶやくのが聞こえる。

伊折が幸せにうっとりした時、「ほらあ」と、ヴィンセントの無粋な声が聞こえた。

「だから言っただろ。お前らどうせ両想いだから、さっさと告白しろって。それなのに、私と同じ意味の好きじゃないかもしれないとか、ウジウジしちゃって……」

「ちょっと、ヴィンス！」

余計なことを言うヴィンセントを、ユリが叱る。ナタンが眉をひそめてヴィンセントを睨みつけるところまでが、いつもの下宿屋である。

そこへ良識のあるケルディが、「あのう」と、控えめに口を挟んだ。

「積る話もおありでしょうが、今はまだ……」

そう、ここはまだ、敵地の真っただ中なのだった。ナタンも我に返ったのか、ちょっと照れ臭そうに伊折から身体を離す。

「すまない。イオリの無事な姿を見て、つい」

「いいって。ナタンもまだ、魔力は残ってるだろ。ここにいる奴ら、全員死刑でいいじゃん」

ヴィンセントがまた、物騒なことを言う。

「勇者が生きていたとはな。貴様……裏切ったのか」

そこでようやく、金髪メタボの王様が声を上げた。王様の言葉に、周りの兵士たちも気づいたようだ。魔術師長は幽霊でも見るような目をヴィンセントに向けていた。

「はっ。最初に騙したのはお前らだろ。何が魔族の侵略だ。魔石の鉱脈目当てに、俺を虐殺者にしようとしたな。しかもまた、懲りもせずちょっかいかけてきやがって。二度と手を出せないようにしてやるよ」

ヴィンセントが言い、手のひらを王様に向けた。その手が輝き始める。四つ子たちの「ぱあっ」よりもゆっくりだが、不穏なほどの強い光を放っていた。

王様をはじめ、キップールの人々は恐怖に慄いた。魔術師長がくるりと踵を返して逃げ出す。

その瞬間、ヴィンセントから鋭い光の矢が飛んで、走る魔術師長の行く先で爆発した。

「逃げんじゃねえよ。今すぐぶち殺してやろうか、ゴラァ！」

「ひいいいい」

魔術師長は腰を抜かして叫び、王様も周りの兵士たちも震えあがってその場に立ち尽くした。

これでは、どちらが悪役かわからない。伊折の隣で、ナタンが深いため息をついた。

「やめろ、ヴィンセント。それでは本当に虐殺になってしまう。我々は大きな魔力の器を持つ者だからこそ、その扱いを間違えてはならん」

「そんなこと言ってっから、こいつらに付け込まれたんだろ」

「それでもだめだ」

決然と、ナタンは言った。真っすぐにヴィンセントを見据える彼からは、威厳のようなものを感じる。やっぱり彼は一国を統べる王なのだと思う。そこで震えている金髪メタボとは、大違いだ。

恐らく、その場の誰もが思っただろう。ナタンが一歩前に出た時、慄くばかりだった兵士たちの空気が少し、変わったように見えた。

「ヴィンセント。この城の兵士たちが、お前と同じように王や魔術師長たちに利用されていないと、どうして言える？」

そう言われて、ヴィンセントもぐっと言葉に詰まった。

「う……けどよお。このままってわけにいかないだろ」

「ああ、そのとおりだ。蹂躙されたまま黙っているつもりはない。だが、被害は最小限にとどめなければ。ユリ。そこの金髪の男が、この国の王だな？」

ナタンはユリを振り返った。ユリは表情を強張らせたが、やがてうなずいた。

「そうだよ。僕の異母兄で、キップールの国王陛下だ」

「ユリ、貴様っ。この裏切り者めがっ」

王様が震えながら叫ぶ。しかし、ナタンに「やめろ、見苦しい」と一喝されて押し黙った。

「お前は、魔石の鉱脈ほしさに異世界人を召喚し、魔界に侵攻させた。その責任は取ってもらう。上が変われば、この国も変わるだろう」

ナタンがまた一歩、前に出る。王様は悲鳴を上げて逃げようとした。しかし、行く手には腰を抜かした魔術師長がいて、その奥の出入り口はヴィンセントが放った攻撃で塞がれていた。

「それからユリの話では、魔界侵攻には王宮魔術師長も大きく関わっていたと聞く。そうだな、ユリ」

再びナタンがユリに問いかけ、ユリも腹を括ったのか、すぐに答えた。

「魔術師長も国王と同じだ。宮廷での自分の権力を強めたいがために、国王に加担して召喚装置の開発を推進した。エトガル兄上や一部の家臣たちはそう主張したけど、僕をはじめ、多くの魔術師たちは聞く耳を持たなかった」

魔族から自分の国を守るために戦うのだ。そう信じて疑わなかった。

そんなユリや魔術師たちを、伊折は責められない。自分だって同じ立場だったら、信じていたかもしれないからだ。

広間の全員が固唾を呑んで状況を見守る中、ナタンはうなずき、淡々と言葉を発した。

「では、王宮魔術師長にも責任を取ってもらう」

「ま、待ってくれ。私は……私も、国王に騙されたんだ」

「何を言うか！　元はと言えば、貴様が異世界召喚装置の開発を持ちかけたのではないか。開発に必要だと国の予算を湯水のごとく使いおって。私がお前に騙されたのだ！」

魔術師長と王様とで、罪のなすり合いが始まった。ヴィンセントが「あーあ」と、呆れた声を上げて嘆息する。

ナタンはどこまでも平静だった。先ほどヴィンセントがやったように、魔術師長と王様に向けて手を掲げた。

「お前たちにも言い分はあるだろう。しかし、それぞれの長を名乗るからには、事態の責任を取らねばならん。それが世の理というものだ」

勇者のヴィンセントとは異なり、ナタンの手は光らなかった。代わりに黒い靄のようなものが立ち込める。

靄は次第に濃くなり、王様と魔術師長へ向かって床を滑るように進んだ。黒い靄が、たちまち二人の全身を覆う。

「わあああ」

「やめろ、やめてくれ、頼む……」

禍々しい黒靄の中、二人の叫ぶ声だけが聞こえ、それは唐突に途切れた。

靄の中がどうなっているのか、伊折には想像もできない。ただ、ナタンのすることに目を背けないでおこうと、それだけを心に強く決めて事態を見守っていた。

やがて、靄が晴れていく。その向こうにあった光景は恐らく、誰も予想しなかったものだろう。

「……ほぎゃあ」

中年男と老人がいた場所から、泣き声がした。猫？　と、伊折は目を凝らす。

「んあ、んぎゃあ」

もう一つ、声が上がった。猫ではなかった。

生まれたばかりと見える人族の赤ん坊が二人、元気な産声を上げていた。赤ら顔で泣く彼らは、魔術師長が身に着けていた黒いフード付きのマントと、王様の上等な衣装に包まれている。

「二人には、赤ん坊からやり直してもらう。これまでの記憶もないはずだ。健やかに育てば、これまでとはまた違った人生を歩めるだろう」

ナタンの静かな言葉に、伊折はホッと息をついた。

王様と魔術師長は、赤ん坊になった。命を奪われたのではなくて安心したけれど、元の彼らにとっては死んだのと同じかもしれない。

でもこれでもう、キップール王国は魔界を侵略しようとは考えないだろう。

「イオリ、帰ろうか」

ナタンに急に話を振られて、伊折はうろたえた。

「へっ？　はい」

「家に戻って、先ほどの続きをさせてくれ」

ナタンは甘やかに微笑む。伊折はかあっと顔が熱くなるのを感じた。ヴィンセントと、それにユリまでもがニヤニヤしている。

「――はい」

赤くなりながら答えて、伊折は大好きな魔王の手を取った。

こうして、キップール国王と王宮魔術師長はいなくなった。

伊折たちは下宿屋に戻ったけれど、さすがにあのままのキップール王国を放っておくわけにもいかない。

いや、本当は放っておいても良かったのだろう。キップールには恨みこそあれ、助ける義理などない。

でも、そんな相手のことも考えて手を貸してやるのが、ナタンという人だ。世の中がみんなナタンみたいな人たちなら、戦争なんて起こらないのになと、伊折は思う。

下宿屋に帰ってすぐ、ナタンとヴィンセント、それにユリはまた、キップール王国へ戻っていった。

四つ子と伊折、それにケルディは留守番だ。

下宿屋からキップールの王城まで、徒歩だと数日かかるのだが、ナタンとヴィンセントはユリを抱えて文字通り、飛んで行った。

四つ子たちが「ぴょーん」とやっていた、あの応用のようである。

「あれくらい、あさめしまえなんだよ」

「まりょくがあれば、かんたんだもん」

と、子供たちが言っていたが、やはり四つ子も含め、魔王と勇者に枯渇していた魔力が戻っているようだった。

それはなぜなのか、説明はナタンたちがキップールで事後処理を終え、下宿屋に戻ってからのことになる。

国王のいなくなったキップール王国だが、幽閉されていたユリの同母兄、エトガル王子が救出され、国王の座に就いた。

長い幽閉生活を強いられていたものの、エトガルは健康状態もよく、政務を行うのに何ら問題はないようである。

ユリは十数年ぶりに兄と再会し、出奔したことや、それまで兄の意見に耳を傾けなかったことを謝罪したという。

新王エトガルは、魔王ナタンと平和条約を結んだ。魔界の住人と魔王が許可する人物は、自由にキップール国内を通れること、キップール人は樹海に許可なく立ち入らないことが、条約の条件に盛り込まれた。

魔界はいきなり武力侵攻されたのだから、こちらも武力に物を言わせ、魔界に有利な条約を結ぶこともできただろう。

「キップールは前王と前魔術師長の無駄遣いのおかげで、財政難だそうだからな。これで賠償金でも請求したら、キップールの民が困窮する。困窮すると、彼らの恨みつらみが魔界に向きかねない」

というのが、ナタンの言い分である。ヴィンセントは、口を開けば死刑と言っていたが、最終的にはナタンの判断に納得したそうだ。

王宮魔術師も規模を縮小し、今後は地道な研究にいそしむという。ユリが召喚装置を停止させたので、不運な生命体が異世界召喚される心配もなくなった。

赤ん坊になった前国王と魔術師長だが、今後はエトガルが責任をもって養育に当たり、成長しても二人に権力は持たせないと約束してもらった。

慌ただしくキップールの事後処理を終え、ナタンたちはようやく下宿屋に帰って来た。

そしてその日のうちに、驚くべき事実が明かされた。


「まだ推論の段階だが、限りなく確定に近い状況だ。イオリには、魔力を増幅させる力がある」

彼らが帰還した日の夜、下宿屋のメンバーとケルディは、食堂でお疲れ様パーティーを開いていた。みんな大変な目に遭ったので、その慰労である。

ナタンから唐突にもたらされた情報に、伊折だけが驚いている。

子供たちはごはんに夢中だったし、ケルディは前々から何やら知っていたようだった。ユリも、帰りの道中で事情を聞かされていたらしい。

「もう、確定でいいんじゃねえか。これだけ実証されてるんだから」

ヴィンセントが言って、隣のユリは何度もうなずいた。

「他に説明がつかないもの。魔力増幅は、イオリの力だと思う。もっと詳しく検証したいな」

「あの、どういうことでしょう」

一人だけ、話について行けない。ケルディが、「順番にお話ししましょう」と、口火を切ってくれた。

「ナタン様は以前から、イオリさんの料理を食べて変化を感じておられたようですね」

伊折は驚いてナタンを見た。彼は伊折を見ながらうなずく。

「はじめは何か、身体の調子がいいような気がする、という程度だった。ただまあこの時は、悲しい食生活から脱却した直後だったからな。やっぱり食事は大切だと思うにとどまった」

「俺もちょっと、力沸いてきたな〜って感じだったんだよな。あれ、魔力戻ってない？　みたいな。けど、ちょうどイオリがジャムとかパイ作ってリンゴを大量消費してた時期だったからさ」

ヴィンセントが話を引き取る。二人とも、伊折の作るご飯を食べるようになって、変化を感じていたと言うのだ。

でもその時は、伊折に何か力があるとは考えていなかった。

もしや、と二人がある可能性を思いついたきっかけは、子供たちの服が小さくなったことだ。

「四つ子たちはこの十数年、ほとんど成長してこなかったのだ」

服のサイズも、ずっと変わっていない。なのにここ数か月で、急に成長した。これは、ただジャムやパイを食べただけでは説明がつかない。

伊折が作った料理に原因があるのではないか。もっと言えば、伊折に魔力を増大させる特殊能力があるのではないか、と推測した。

「それでナタン様とヴィンセントさんは、私にイオリさんが作ったお菓子や料理の魔力計測を依頼されたのです。私の商会には、精密な魔力計測器がありますから」

ケルディも説明に加わった。ジャムやパイの魔力を計測してみて、もとのリンゴよりも魔力量が増加していれば、伊折の力によって増えたと裏付けが取れる。

「魔力計測の結果が出るまでは、話を伏せておこうって、俺が言ったんだ。もし万が一、間違いだったらって思ったら、ユリには言えなかった。ぬか喜びさせて、ダメだった時にがっかりさせちまうから」

ユリがコソコソしてる、と言っていたのは、この件だった。ヴィンセントが肩を落とすと、ユリは「ごめんね」と、隣の恋人の手を握った。

「僕のことを考えてくれてたのに」

「いいんだよ。俺だって、コソコソやりすぎた。もっとうまくやればよかった」

「あの、ユリさんがぬか喜びするっていうのは……」

魔力計測の話はわかったが、伊折の特殊能力がユリとどう関係あるのか、今ひとつわからない。

「魔力増幅の能力によって受けられる恩恵は、一つは四つ子たちが成長したように、枯渇した魔力を早くに取り戻せるということだ」

ナタンが言い、伊折もうなずいた。そこはわかる。

「イオリが作ったリンゴジャムを城跡に撒けば、魔界城の復活も早まるかもな」

ヴィンセントが言って、伊折も「あっ」と気がついた。なるほど、それは素晴らしいかもしれない。

ナタンは、「それからもう一つ」と、言葉を続けた。

「魔力の器が小さな者が、豊富な魔力を摂取することで、器を大きくできるようになる」

人族のように魔力の器が小さい場合でも、たくさん魔力を摂取すれば、それに合わせて器も徐々に大きくなるのだそうだ。

「わざわざ異世界人を召喚しなくても、普通の人族や獣人族が、召喚された勇者のように大きな魔力の器を持てるようになる、ってことでしょうか」

「そのとおりだ」

ナタンが微笑んだ。

それはすなわち、ユリとヴィンセントの間に横たわっていた、寿命問題を解決できるかもしれない、ということでもあった。

「イオリの料理は、だいぶ高性能みたいだぜ。今回の一件でわかった。俺たちはお前たちを救出に行く前に、貯蔵庫のジャムやらパイやらをたらふく食べたんだ」

ヴィンセントが言うが、伊折もさっき食事を作る時に気づいていた。ジャムをはじめ、貯蔵庫に作り置きしていた食べ物が、ほとんど食べ尽くされていたのである。

あれは、魔力を得るためだったのだ。

「チビたちは目に見えてわかるくらい、すぐに成長した。俺とナタンも、互いに戦った時ほどじゃないが、かなり魔力を使えるようになった。まあそれも、今回派手に使っちまったんで、また溜め直さないといけないんだけどな」

「イオリのおかげで、僕も希望が見えたよ。ありがとう」

ヴィンセントとユリは口々に言い、二人は軽く目を潤ませていた。

でも伊折はまだ、戸惑っている。自分にそんな能力があるなんて信じられなかった。

そんな都合のいい、夢みたいな能力が。

（ユリも、ヴィンセントさんと同じ時間を生きられるかもしれない。……じゃあ、俺も？）

まだ事態に付いて行けず、呆然とする伊折に、ナタンも気づいたらしい。

ナタンを置いていかずにすむのだろうか。

「詳しい検証や考察はまた、落ち着いてからにしよう。今夜はとにかく、みんなが無事だったことを祝いたい」

ナタンが言って、それからはみんな、伊折の特殊能力のことはひとまず置いておき、無事を喜ぶ晩餐になった。

そう、何はともあれみんな無事だったのだ。しかも、伊折たちはこれで、キップールのお尋ね者でもなくなった。

下宿屋のメンバーも身を隠して生活する必要はないし、今後はケルディも船ではなく、キップールを通って陸路で配達に来られるようになったのだ。

ついでに言うと、カツアゲされたケルディの魔法の鞄も取り戻せたそうである。拉致された時はどうなることかと思ったけれど、終わってみれば万事解決していた。

（ほんとに、夢みたい）

みんなが浮かれる中、伊折も半分夢の中にいるような、現実感のないふわふわした気分で食事をしていた。

食事を終え、シャワーを浴びて寝間着に着替え、自分の部屋で一息ついていると、控えめなノックと共にナタンが訪ねてきた。

「その……少し話がしたいのだが、いいだろうか」

ソワソワとした相手の態度にピンとくるものがあって、伊折もにわかに緊張する。

そう、敵地で告白し合い、両想いであることを確認したのだった。

続きは下宿屋で……と言って帰ったけれど、キップールの事後処理があったので叶わなかった。

「もし、疲れているようならまた、別の日に……」

身を強張らせた伊折を見て、ナタンがモゴモゴと言う。伊折は焦って「大丈夫です」と、食い気味に返した。

「で、では、私の部屋に……いや、変な意味ではないのだが。や、やはりここで話したほうがいいかな」

ナタンがうろたえている。それを見て、伊折はちょっとだけ冷静になった。

「えっと、できたらナタン様の部屋がいいです」

この部屋の隣には今、ケルディが泊まっているのだ。

両想いになって、もし万が一……周囲をはばかるようなことにならないとも限らない。

「そ、そうか。では、今から私の部屋に来てもらえないだろうか」

キップールでは、多くの敵を前にあんなに冷静に振る舞っていたのに、今は妙にオロオロしている。

そして伊折は、ナタンのそういうところが可愛いなと思うのだ。

ナタンに付いて彼の寝室へ向かう時、ナタンの広くて逞しい背中を見ながら、そんなことを考えていたら、じわじわと思いがこみ上げて溢れてきた。

「ナタン様、好きです」

だから寝室に入った途端、伊折は言った。

「なっ……」

ナタンが勢いよく振り返る。「な、な……」と、同じ音を繰り返した。

「それは、わ、私が言おうと思っていたのに」

「すみません。でも、キップールでは先に言われちゃったから。今度は俺が言おうと思って」

伊折は笑って、ナタンを正面から見据え、もう一度「好きです」と言った。

「本当は、告白するつもりはなかったんです。俺の好きとナタン様の好きは違うかなって思って。困らせたくなかった」

「それは、私も同じだ」

キップールでそう聞いた。言ったのは、ナタンではなくヴィンセントだが。

「それに、もし同じ気持ちだったとしても、俺とナタン様は流れる時間が違うから。でも……でも、もう気にしなくていいんでしょうか」

ナタンの目が切なげに細められた。長く繊細そうな指先がそっと、労わるように伊折の頬を撫でる。

「たとえ共に同じ時を生きることはできなくても、私はお前を愛してる。だが、もしお前が私と生きてくれると言うのなら……」

「生きます。いっぱいリンゴのお菓子を作ってリンゴを食べて、ナタン様と一緒に生きたいです。だから俺を、ナタン様の恋人にしてください」

「また、先に言われてしまったな」

ナタンは優しく甘く微笑み、その笑顔に伊折は胸がきゅうっとなる。

「キスをしてもいいか」

甘い微笑みのまま、ナタンが囁く。伊折が小さくうなずくと、ナタンは軽くついばむようなキスをした。伊折の表情を窺い、もう一度、今度は深く口づける。

「ん……」

伊折にとっては、生まれて初めてのキスだ。柔らかい唇の感触に、伊折は感動した。

ナタンはそんな伊折をじっと見下ろす。こちらが見つめ返しても、いつものようにソワソワされることはなかった。

「このままベッドに行きたい」

「……！」

伊折はびっくりして口元を押さえた。まさかナタンの口から、恋人になったと同時にそんな言葉が出るとは思わなかった。

ナタンのことだから、もっとモダモダオロオロして、そういうことになるのも時間がかかるんだろうなあ、と予想していたのだ。

「ダメか？」

しかも、伊折が答えないでいると、少し悲しそうな顔を作って覗き込んでくる。

「ダ、ダメじゃないです」

伊折は真っ赤になって答えた。するとナタンはフッと微笑み、軽いキスをする。それから伊折の身体をさっと抱え上げた。お姫様抱っこだ。

「ナ、ナタン様」

「お前は羽のように軽いな」

「……………ッッ！」

ナタンがすごい。まるでスパダリみたいだ。

これからどうなるのだろう。彼にすべてを任せていいのだろうか。そんなことを思いながら、ベッドまで運ばれた。

ナタンはうやうやしく伊折をベッドに下ろすと、野性的な仕草で自分の服の帯を解いた。合わせがはらりとはだけ、前が露わになる。

「あ……」

着物のような服の下には、何も身に着けていなかった。いつもなのか、寝る前だからなのかはわからない。

前をはだけたまま、ナタンはベッドに上ってきた。このまま彼が覆いかぶさり、伊折はベッドに押し倒されるのだと予想した。

だがナタンは、抱き寄せることも覆いかぶさることもなく、伊折の脇にある枕に顔を突っ伏してしまった。

「えっ、ナタン様？」

「……すまない。この後、どうすればいいのかわからない」

呆然としていたら、くぐもった声が聞こえた。

「ヴィンセントから、閨についての講義を受けたんだ」

どうせお前、告白した後もモジモジして、エッチするまで時間がかかるだろ、と言われたそうだ。

付き合いが長いだけあって、ナタンのことをよくわかっている。道理でここに来るまでの動作が、やけに堂に入っていると思った。

「ベッドに行くまでは教わったんだ。でもその後のことはまだ、講義を受けていない」

枕に突っ伏して顔は見えないが、耳が真っ赤だ。

「すまない。年上の私がしっかりしなくてはならないのに」

情けない声を出すから、伊折はクスッと笑ってしまった。さっきの手慣れている風なナタンもカッコよかったが、今のナタンも可愛い。

伊折はそっと、ナタンの肩を撫でた。

「ナタン様。俺もユリから、いろいろレクチャーを受けたんです。男同士で初めてでも、痛くない方法とか。あと、ユリから差し入れももらってて」

帰ってきてすぐ、ユリから潤滑油をもらった。「両想いだもんね。頑張って」という励ましの言葉と共に。

元の世界でいうところの、ラブローションのようだ。ケルディに毎回こっそり配達してもらっているらしい。ケルディにそんなものまで……と思ったが、さっき部屋を出る時にズボンのポケットに入れて持ってきてある。

「あの、だから。一緒に試してみませんか。どうせ俺たち、二人とも初めてなんだし」

ナタンがおずおずと顔を上げる。こくっと素直にうなずく仕草が可愛くて、胸がきゅんとした。

「じゃあ、まずはキスから……」

「うん」

身体を起こしたナタンが、ソロソロと顔を近づけてくる。伊折も軽く顔を上げた。

ぎこちなく唇が触れ合わさる。柔らかくて、甘いキスだった。


どうにか服を脱いでベッドに横たわるまで、二人ともぎくしゃくしていた。

どちらも裸になって、身を横たえたままそっと向かい合う。ナタンの性器は人間のそれと変わらない。

でも、大きい。緩く反り返り、身じろぎすると伊折の性器に当たる。それだけで、呼吸が止まるくらい恥ずかしい。

「イオリがユリにもらったという、潤滑油を使ってもいいか」

伊折はこくりとうなずいた。ポケットに忍ばせてきた小瓶は、今はベッドの枕元に置いてある。

てっきり、ナタンが自分の性器に付けるのだと思っていた。でもナタンは、身を起こしてそれを手に取るや、伊折にあやすような軽いキスをした。

「こちらに背中を向けられるか？」

「ひぇっ？」

「ゆっくり、そっとするから」

真面目な顔で言われて促され、伊折は「まさか……」と思いながらもナタンに背中を向けた。

背中を向けるということは、尻を向けるということである。

背後で小瓶の蓋を開ける音がした後、しばらくしてナタンの指が伊折の尻の間に滑り込んできた。

「ひ……」

ぬるりと潤滑油でぬめったそれは、伊折の窄まりをくるりと撫で、奥へと潜り込んでくる。

「あ、え、あ」

「怖いか？」

耳元で囁く声がする。優しくて、労わるような声音だ。しかしその間も、指はぬくぬくと伊折の襞を擦り上げていた。

「こわ、くは……でも、あ……んっ」

羞恥と困惑が先行して、いじられている尻の感覚に気を回す余裕がない。

だがある瞬間から、ビリッと全身に電流のようなものが駆け抜けるのを感じた。

「あっ」

「大丈夫か？」

「ん、は、い……んっ」

尻の中の指を動かされるたびに、その振動が性器にも伝わる。ぞわぞわとむずがゆいような快感が這い上ってきた。

「あ、あっ」

どうしよう、と声には出せず、伊折は心の中でつぶやいた。

（お尻、気持ちいいかもしれない……）

ただ尻をいじられているだけなのに、それもナタンにとっては、ただ痛くしないようにと潤滑油を塗っているだけなのに、伊折の性器は腹に付くくらい勃起して、先走りを滴らせている。

「も、ナタン様。あ、あっ」

このままいじられ続けたら、イッてしまう。

押し寄せる波に焦りを感じた時、ナタンの指がぴたりと止まった。

「イオリのその声は、かなり……くるな」

後ろで小さく息を吐くのが聞こえた。指が引き抜かれ、伊折も軽く息を詰める。

どういう意味だろう、と首をひねって後ろを向くと、ナタンが困った顔でキスをした。

「すまない。中に入ってもいいか。お前の声を聞いているだけで……達しそうだ」

そう言ったナタンの頰は紅潮していて、ひどく艶めかしい。伊折は思わずゴクッと喉を鳴らしそうになり、慌ててうなずいた。

伊折があおむけになると、ナタンは自らの性器にも潤滑油を塗り付ける。

「イオリ」

逞しい裸体が覆いかぶさってきて、キスをされた時、伊折は心臓がバクバクするほど緊張していた。

ナタンが伊折の足を抱え上げ、尻のあわいに熱いものが触れる。

「イオリ、愛してる」

真剣な声と眼差しにハッとした時、それはゆっくりと入ってきた。

あまりの大きさに息を詰めると、ナタンは動きを止め、何度もキスをした。

「お前と恋人になれて、お前を抱けて嬉しい」

口ベタな彼が、必死に思いを言葉にしてくれている。そう思ったら、伊折も少し緊張が解けた。

「俺も、嬉しいです。ナタン様、大好き」

「……っ」

ナタンが一瞬、苦しそうに眉根を寄せた。次の瞬間、彼の性器がずぶずぶと奥まで埋め込まれる。

「あっ」

「イオリ……」

痛くないか、と尋ねようとしたのだろう。でもナタンのほうが苦しそうだ。

ナタンは根元まで性器を埋め込むと、息をわななかせてしばらく止まっていた。

「……動いて、いいか」

掠れた声で問い、伊折がうなずくと、ゆっくりと腰を打ち付ける。はじめはゆっくりだったそれは、次第に速く激しくなった。

「痛く、ないか」

「平気です……あ、あっ」

動きが大きくなるたび、またぞわぞわと先ほどの快感がこみ上げてくる。

「本当に？　こんなに、狭いのに……っ」

ナタンの声は細く、熱に浮かされたようになっている。ナタンも気持ちがいいのだ。

そう思ったら、ますます快感は強くなった。

「ナタン様、ど……しよ、俺。すごく、気持ちいい……」

ユリが、慣れるまでちょっと痛かったと言っていた。最初からこんなに感じて、いいのだろうか。

そう思う反面、身体はさらなる快楽を求めて、ひとりでに腰が動いてしまう。

「ん……っ、初めてなのに、あ、んっ」

自分の身体の反応に困惑していると、ナタンがふわりと微笑んだ。

「ああ。私もだ。お前の中は熱くて、あまりもたないかもしれない」

その微笑みは甘くて、伊折は快感と同時に胸に刺さる切なさも覚えた。

「イオリ……」

律動がさらに速くなる。押し寄せる波に、伊折は身体を震わせてナタンにしがみついた。

「あ……っ」

ナタンの首筋に顔をうずめ、恋人の肌の匂いを嗅ぎながら射精した。

「……っ」

ほとんど同時に、ナタンが伊折を強く抱きしめる。ぶるりと相手の身体が震え、奥に欲望が放たれるのを感じた。

二人はしばらく、抱き合ったままでいた。汗ばんだ肌を重ね合わせ、相手の鼓動を感じる。

少しして、身を起こしたナタンが、愛おしそうに伊折の頬を撫で、キスをした。

(あ、角……)

ナタンの頭には、いつの間にか角が出ていた。ずいぶん前から出ていたのだろう。でも伊折は気づかなかった。それくらい、いっぱいいっぱいだったのだ。

気づくと手が伸びて、ナタンの角に触れていた。優しくそれを撫でると、埋め込まれたままの性器がびくりと跳ねる。

「イ、オリ……今、そこは……っ」

顔を紅潮させ、声を震わせるから、びっくりした。

「あ、す、すみません」

急いで手を離したが、ナタンは「だめだ」と、低くつぶやく。伊折の中で、ナタンの性器はまた硬く芯を持ち始めていた。

「すまない、もう一度だけ……」

苦しそうに言うから、伊折は微笑んでナタンの首に腕を回した。

「はい。俺も、もっとしたいです」

できるなら、一晩中でもしたいくらいだった。体力が続く限り、ナタンと繋がっていたい。

「もっと？」

ナタンも目を細めて微笑む。伊折は嬉しくなった。

「できれば、いっぱい。明日はお休みですし」

みんな疲れているからと、明日の家事当番はすべてお休みになったのだった。伊折の食事当番もなくて、久しぶりに三食オートミールの日だ。

「ああ、そうだったな。それならたくさん、お前を味わわせてくれ」

ナタンは艶めいた笑みと共に言い、伊折にキスをする。

そうして二人は言葉どおり、一晩かけてたくさん愛し合った。


冬になった。

樹海にもほんの時おり、雪が降る。

森の中は薄暗いけれど、下宿屋はいつでも空調が万全だ。

もうすぐ年越しパーティーで、みんな今から楽しみでウズウズしている。

ケルディは無事に商会に帰った。キップールのエトガル王は前王と違い、真面目に政務をこなして国民に慕われているらしい。ユリともたまに、手紙のやり取りをしている。

伊折の料理はケルディ商会の魔道具で計測され、庭のリンゴの魔力含有量の、数十倍から数百倍にあたる魔力が計測された。

やはり、伊折は魔力を増幅させる能力が備わっているようである。

今までは料理をすることで、知らず知らずのうちにリンゴに伊折の力が加わって魔力が増大していたようだが、意識的に力を使うことで、未調理のリンゴも魔力が増えることがわかった。

力を使うコツがわかれば、さらに魔力を増幅させることもできそうだ。

今はユリと共に、力についていろいろと検証を進めている最中である。

「今日も外は寒いな」

下宿屋のドアを開け、ナタンがつぶやく。伊折を振り返り、「寒くないか？」と、たずねた。

「大丈夫です。防寒はばっちり」

寒い冬の午前中、玄関を出ると、庭では四つ子たちが元気に遊びまわっていた。ナタンと伊折を見ると、わらわらと集まってくる。

「ナタンさま、イオリ、おしろいくの？」

「ああ」

「お昼ご飯とおやつは食堂にあるからね」

「きょうのおひる、なんだろ」

子供たちは少しずつ大きくなっていて、秋から冬になるまでに身長も少し伸びた。

来年の春には、四人のベッドを新調しなければいけないかもしれない。

「おっ、今日も城で逢引きか」

裏庭に回ったら、ヴィンセントとユリがいた。

ユリは最近、ヴィンセントと一緒に、庭でトレーニングをするようになった。

以前は時間を止める魔道具の開発に心血を注いでいたが、その必要もなくなった。今は研究はほどほどにして、空いた時間をヴィンセントと過ごしているようである。

伊折が作るアップルパイやジャムをたくさん食べるので、ダイエットも兼ねて身体を動かすようになった。ヴィンセントはユリとトレーニングができて喜んでいるし、研究で引きこもりがちだったユリは顔色が良くなった。いいことずくめだ。

「二人きりだからって、外で変なことするなよ」

「……っ。お前と一緒にするなっ」

「もうヴィンス、からかわないの。ナタン、イオリ、行ってらっしゃい」

三人のやり取りも、いつものことだ。

「イオリ、さっさと行こう」

ぷりぷりしながらナタンが言い、伊折は笑いながらうなずいた。

ナタンと伊折は、籠いっぱいのリンゴを下げて、城跡へ出かける。

恋人になってから、二人でよく城跡へ出かけるようになった。伊折が庭のリンゴに念を込めて魔力を増幅させ、それを城跡へ撒きに行くのだ。

ついでにお弁当も持っていき、二人で城を眺めながら食べる。ヴィンセントの言う通り、デートである。

「イオリ」

裏門を出ると、ナタンがそっと手を絡めてきた。下宿屋の敷地内でやると、ヴィンセントに見つかってからかわれるからだ。

伊折もナタンの手を握り返す。顔を見合わせて、軽いキスをした。

付き合いたての自分たちはまだちょっと、ぎこちないと思う。ユリとヴィンセントみたいにはいかない。

寝室だってまだ別々だし、お互いが自分の寝室に誘う時は、かなりもだもだ四苦八苦する。

でも、そういうまだるっこしさも伊折は嫌いではなかった。これからも、二人のペースで進んで行きたい。

何しろ人生はまだまだ、うんと長いのだから。

「ナタン様。俺、今、すっごく幸せです」

ナタンにぴったりくっつくと、ナタンも伊折に身を寄せる。

「私もだ」

二人は仲良く手をつなぎ、冬の森の中を歩き続けた。

終

あとがき

こんにちは、はじめまして。小中大豆と申します。

今回は、異世界転移モノになりました。ちびっ子とイケメンたちに囲まれたゆるふわシェアハウスのお話です。

よくよく考えたら、下宿屋の大人たちはみんな無職という、うらやまけしからん環境でした。不労所得でスローライフ、私もしてみたいです。

そんな人たちの集まりなので、受はもちろんのこと、攻もあまり……ぜんぜんかっこよくなりませんでした。申し訳ないです。

自分の作品にしばしば現れる、「攻がヘタレ問題」は、真剣に解消したいと思っております。

しかしながら今作の執筆も、個人的には大変楽しかったです。下宿屋の間取りや貯蔵庫に入ってる食材なんかを、真剣に考えておりました。

イラストは、サマミヤアカザ先生にご担当いただきました。四人四様のイケメンたちをかっこよく美しく、コロコロ四つ子たちを可愛く描いていただいて、もらったラフを見てニマニマしています。

担当様には今回もご迷惑をおかけしました。毎回、もう迷惑はかけないと誓っているのですが……。

そして最後になりましたが、あとがきまでお付き合いくださいました読者の皆様(みなさま)、ありがとうございました。

ニートなイケメンたちの織り成すスローなラブライフを、お気軽に楽しんでいただけたら幸いです。

それではまた、どこかでお会いできますように。

小中大豆

異世界のおいしい下宿屋さん

小中大豆

角川ルビー文庫 23718

2023年 8 月 1 日　初版発行

発行者——山下直久
発　行——株式会社KADOKAWA
〒102-8177　東京都千代田区富士見2-13-3
電話 0570-002-301（ナビダイヤル）
印刷所——株式会社暁印刷
製本所——本間製本株式会社
装幀者——鈴木洋介

●お問い合わせ
https://www.kadokawa.co.jp/（「お問い合わせ」へお進みください）
※内容によっては、お答えできない場合があります。
※サポートは日本国内のみとさせていただきます。
※Japanese text only

ISBN978-4-04-113857-1　C0193　定価はカバーに表示してあります。

◇◇◇

KADOKAWA RUBY BUNKO

角川ルビー文庫

いつも「ルビー文庫」を
ご愛読いただきありがとうございます。
今回の作品はいかがでしたか？
ぜひ、ご感想をお寄せください。

〈ファンレターのあて先〉

〒102-8177 東京都千代田区富士見 2-13-3
株式会社KADOKAWA
ルビー文庫編集部気付
「小中大豆先生」係

俺様極道×堅実な
青年の子育ては、波乱万丈!?
極道さんはパパで愛妻家
「ついに俺達の子供ができたぞ！」付き合った覚えもない幼馴染の極道・賢吾からの爆弾発言。けれどそこにはやむを得ぬ事情があって、佐知は極道の妻として(!?)賢吾と子育て同居をすることに！
誰にも文句なんか言わせねえから、安心して嫁に来い！
佐倉 温
イラスト／桜城やや
ルビー文庫

虎王子に溺愛されて、子作りすることになりました。
おまえが俺の子を
産めばいい。
Hikaru Masaki
真崎ひかる
イラスト／森原八鹿
高潔な虎王子×溺愛される『ひとのこ』の
異世界♥子作りファンタジー
怪しげな種を飲み込んでしまった望月は異世界へと攫われ、虎王子の世継ぎとなる卵を産むことに!? 断固拒否をしていたが、王子・雷牙の不器用で情熱的な愛情と唇の甘さに溶かされていく。更に望月の父は異世界とかかわりが？